作者介绍

商晓娜，深受小读者喜爱的实力派儿童文学作家。

• 她用自己的作品构筑了一座小学生阅读与成长的心灵花园。

• 她和孩子们总是处于无间的亲密状态，被誉为当代小学生心灵成长的代言人。

• 她写过《魔法听诊器》、《我把精灵带回家》、《拇指班长》、《一年级的小豌豆》、《一年级的小蜜瓜》、《捣蛋大王王小天》系列、《我们班的博客》系列、《同桌秘密日记》系列等三十几本书。

• 她的作品曾入选"书香中国"2006年度畅销童书排行榜，获得"2007年度全行业优秀畅销书品种"奖，并多次登上全国开卷调查畅销书榜。

• 她喜欢和读者交流，登陆 http://blog.sina.com.cn/gongzhushangxiaona 可以找到她。

校园轻幻想小说

魔法听诊器

商晓娜◎著

魔法听

诊器

mofatingzhenqi

 福建少年儿童出版社

图书在版编目（CIP）数据

魔法听诊器/商晓娜著. —福州：福建少年儿童出版社，
2010.1

（校园轻幻想小说）

ISBN 978-7-5395-3648-4

Ⅰ．魔… Ⅱ．商… Ⅲ．儿童文学—中篇小说—中国
—当代 Ⅳ．I287.45

中国版本图书馆 CIP 数据核字（2010）第 019292 号

魔法听诊器
——校园轻幻想小说

作者：商晓娜
出版发行：福建少年儿童出版社
http：//www.fjcp.com e-mail：fcph@fjcp.com
社址：福州市东水路 76 号（邮编：350001）
经销：全国各地新华书店
印刷：福州三才印刷有限公司
地址：福州市仓山区科技园 6 区 16 号
开本：700×920 毫米 1/16
字数：116 千字
印张：10 插页：8
印数：1—20150
版次：2010 年 2 月第 1 版
印次：2010 年 2 月第 1 次印刷
ISBN 978-7-5395-3648-4
定价：14.00 元

目录

CONTENTS

第 1 章

听诊器来到龙隆隆家

龙隆隆的妈妈是医疗器械厂的销售代表,因此在龙隆隆的家里,总能见到像点滴架、血压仪之类的医疗设备,那都是妈妈临时带回家来,准备向外推销的产品。

就在上个星期四的晚上,龙隆隆的妈妈又带了一只听诊器回家。听诊器被妈妈扔在了桌子上,发出一阵清脆的撞击声。要是平时,妈妈可不会这么对待产品,就连龙隆隆想碰一下都不让呢!

龙隆隆把身子移到桌子旁边。那只听诊器在灯光下折射出耀眼的光芒。龙隆隆再把脸凑近听诊器,听诊头的膜片上竟然出现了一张脸!这张脸长得很简单,眉毛淡淡的,眼睛细细的,没有鼻子,嘴巴是一个小圆点儿。

龙隆隆忍不住伸出手去摸了摸那张脸,它居然看着龙隆隆笑了起来,眼睛和嘴巴的线条都弯出了好看的弧度。

妈妈正在厨房里做饭,她叫龙隆隆帮她去楼下的便利店买一袋酱油。龙隆隆不得不依依不舍地放下听诊器。

这一趟便利店之行,龙隆隆去得飞快,回来得也飞快。他渴望再看到那张脸,虽然他不明白听诊器上怎么会出现一张脸。

两分钟后，龙隆隆又和那张脸相遇了。它看起来有些忧郁，眉毛拧成了一根麻花。

妈妈正将炒好的菜陆续地往桌子上端。龙隆隆急忙把听诊器抓起来，抱在怀里。原本放置听诊器的地方，被一盘西红柿炒鸡蛋取代了。

"吃饭了。"妈妈看也不看龙隆隆，她狠狠地盛了一大碗米饭，摆在龙隆隆经常坐的位置上。

龙隆隆和妈妈坐在一起吃饭，吃着吃着，龙隆隆开始觉得吃饭是一件索然无味的事情。妈妈总是在吃饭的时候板起面孔，要么一言不发只顾着往自己的碗里夹菜，要么喋喋不休使劲地数落龙隆隆最近又犯了什么错误。

每到这个时候，龙隆隆就会想念爸爸，特别想念爸爸带他去麦当劳吃汉堡包的情景，那时候可真快乐呀！吃完汉堡包，还能吃红豆派和草莓圣代呢！只可惜爸爸不能总带他去麦当劳，最近一次还是在半年前去的。

龙隆隆的爸爸是位导游，总是带着旅游团全国各地到处跑。

龙隆隆闷着头往嘴里扒饭。

妈妈吃完了自己那一碗饭，钻进房间打电话去了。妈妈为了提高销售业绩，总是不停地打电话给不同的人，这些不同的人，妈妈统称他们为客户。

龙隆隆放下饭碗，又拿起那只听诊器看了起来。听诊头膜片上的那张脸淡得只剩下轮廓，好像随时都有可能消失。

妈妈打完了电话，重新回到饭桌前，她见龙隆隆还搂着听诊器，有些生气。

"我想测测心跳次数。"龙隆隆不得不为自己撒了个小谎。为了让妈

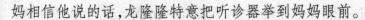

妈相信他说的话,龙隆隆特意把听诊器举到妈妈眼前。

听诊器在龙隆隆的手里晃动起来,和弹簧片连接着的耳塞差点砸中妈妈的脑门。

"你干什么?"妈妈向后退了一大步。

龙隆隆惊讶得瞪大眼睛,那只听诊器分明自己动起来,如果听诊器愿意的话,它甚至可以从龙隆隆的手中挣脱出去。

"我……"龙隆隆无言以对。妈妈是不会相信一只听诊器能自己动起来的,尤其还是她推销的听诊器。

龙隆隆把听诊器放在桌子上。每当犯了错误的时候,主动把"赃物"交出来,求得宽大处理是龙隆隆五岁时总结出的经验。现在他已经上五年级了,除了上面这条经验,龙隆隆还总结出"负隅顽抗,下场凄凉"这八个字。举一个简单的例子,二年级的上学期,杨老师打电话给龙隆隆的妈妈,说龙隆隆上课玩橡皮泥,妈妈让龙隆隆把橡皮泥交出来,龙隆隆却把橡皮泥藏在了被窝里,结果妈妈找到橡皮泥后就拉开窗子把橡皮泥全扔到窗外去了。妈妈最讨厌小孩子跟她作对了!

龙隆隆主动把听诊器放在桌子上,果然妈妈只是用眼角扫了一下听诊器,没有继续追究。

"这是一只坏听诊器嘛!"妈妈提起听诊器的传声道说,"你看,这两根管子一根粗,一根细。"

龙隆隆把眼睛凑过去看,果然听诊器那根细管子竟然比小手指头还要细上一圈。刚才,他只注意看那张脸了,其他地方倒是没怎么关注。

哦,对了,就是那张脸,它淡得几乎连轮廓也快看不见了。

龙隆隆的手,不由自主地想去抚摸那张脸,他甚至忘记了妈妈还在旁边。

妈妈看着龙隆隆聚精会神的样子，只是觉得好笑。龙隆隆那神情，比看动画片的时候还要认真。

妈妈不再答理龙隆隆，一个人到厨房刷碗去了。不过，妈妈在合上厨房推拉门的那一刻所说的一句话却让龙隆隆实实在在地激动了一回。妈妈说："龙隆隆，你要是喜欢那只听诊器就拿去玩吧！"

龙隆隆没想到妈妈会这么大方，发愣了十秒钟后，一声超过九十分贝的尖叫从龙隆隆的喉咙里爆发出来："妈妈千岁！妈妈万岁！"原来，妈妈对他是这样好呀！

龙隆隆还在心里给妈妈记了一功。能让龙隆隆在心里记功的人可不多，除了教音乐的王老师以外，妈妈是第二个荣获这项殊荣的人。

龙隆隆把听诊器挂在脖子上，他发现那张脸又重新回来了，还眯起一只眼睛向他扮鬼脸呢！

第 2 章
不一般的听诊器

听诊器上为什么会出现一张脸呢?

龙隆隆躺在被窝里一直研究这个问题。听诊器上长着一张脸,这是多么奇怪的事!

龙隆隆把听诊器的两个耳塞插在耳朵里。一个细小的声音顺着传声道钻进龙隆隆的耳朵:"你一高兴就在我身上翻跟头,都快把我弄散架了。"

龙隆隆吓了一跳,这是龙隆隆的房间,房间里除了他以外,再也没有别人了。是谁在说话呢?

龙隆隆屏住呼吸等待着那个声音再度传来,他甚至忘记刚才还在研究听诊器上的脸。

十分钟过去了,龙隆隆一无所获。

"刚才肯定是听错了。"龙隆隆给自己找台阶下,他的身体也由仰卧改成了侧卧。

"唉哟! 我说你就不能轻点儿?"就在龙隆隆翻身的那一刻,抱怨的小声音又叫起来。

龙隆隆吓得从床上跳到了地上。这一次他听清楚了,声音是从床上

传来的。

是床在说话！龙隆隆趴在地上，匍匐前进，准备接近床。

"你以后可别再把臭袜子藏在我身下了，都要把我熏得嗅觉失灵了。"又一个声音传来，和那个细小的声音相比，这个声音粗得多。

龙隆隆傻眼了。平时，他总是趁妈妈不注意的时候把脏袜子塞到地毯下面。龙隆隆掀起地毯的一角，一连拽出十几双颜色不同的袜子，有的袜子还漏着洞呢！

"这还差不多！"粗声音满意了。

龙隆隆跪在地毯上，目瞪口呆。他完全可以确定，这一次是地毯在说话。

不过，龙隆隆的目瞪口呆并没有持续太久，他的大脑很快就被兴奋占领了。他能听到床和地毯在说话，这是多么不可思议的事情啊！

龙隆隆再也顾不得什么了，一个箭步冲上去，给床一个结结实实的拥抱，又躺到地毯上翻个身，再给地毯一个结结实实的拥抱。

"唉哟！我可受不了！你看你看都起鸡皮疙瘩了！"细声音和粗声音一起嗔怪起来。

龙隆隆连忙收回他的拥抱，坐直了身体。听诊头垂在龙隆隆的肚子上。

"今天的西红柿炒鸡蛋有点儿甜。"一个不粗也不细的声音打开了话匣子。

龙隆隆为之一振，这是他听到的第三个陌生的声音，而且这个声音还知道晚餐里有一道西红柿炒鸡蛋。

"就是，龙隆隆的妈妈炒菜一点谱也没有，不是糖放多了，就是盐放多了，有一次还把可乐当成酱油倒进炒油菜里了。"又有一个新的声音也

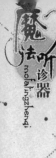

跟着抱怨起来,它还提到了龙隆隆的妈妈。

龙隆隆只觉得头皮发麻,这两个一唱一和的声音是从他的肚子里传出来的。

龙隆隆脱掉上衣,把肚皮露在外面,光滑的肚皮看不出有任何的异常。

"你猜明天龙隆隆家里会吃什么?"肚子里的声音又在说话了。

"最好龙隆隆的爸爸能把他接到外面吃饭,成天吃龙隆隆妈妈做的饭太乏味了。我们蛔虫最讲究营养,你看我都饿瘦了。"那个爱抱怨的声音哼哼唧唧地发泄着不满。

龙隆隆专注地看着自己的肚皮,紧贴着肚皮的听诊头正发出微微的蓝光。

龙隆隆想起了那张脸,不知道它现在好不好。龙隆隆拿起听诊头,可还来不及找到那张脸,蓝光便抢先一步一点点弱下去,肚子里蛔虫的对话也跟着消失了。

龙隆隆只得把听诊头重新贴在肚皮上,蓝光又再一次聚拢。

"天可真热,要是龙隆隆在这个时候吃一根雪糕,那咱们不也跟着借光了?"蛔虫的对话清清楚楚传进龙隆隆的耳朵。

龙隆隆激动了!是那只听诊器,戴上它能听到这些听不到的声音。

龙隆隆把听诊头贴在书包上。书包正在教训装在里面的书本文具:"我说你们平时就不能表现得温柔一些吗?横七竖八地躺在我的肚子里,弄得我一点也不舒服。尤其是你,文具盒,你那副铁皮身材太坚硬,硌得我浑身酸痛!"书包喋喋不休的样子,有点像龙隆隆的班主任杨老师。

"那能怪我们吗?龙隆隆把我们塞进去的时候就是乱糟糟的,你看

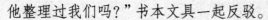

他整理过我们吗?"书本文具一起反驳。

　　龙隆隆赶紧把装在书包里的东西都倒出来重新整理,他还在文具盒的两端贴上了一层薄海绵。

　　龙隆隆溜出房间,把听诊头贴在电冰箱上,贴在电视机上,还贴在了爸爸的书柜上。各种各样的声音一起挤进龙隆隆的耳朵。

　　看看吧! 妈妈送给他的礼物多棒啊!

第3章

杨老师的心里话

第二天上学的时候,龙隆隆偷偷地把听诊器装进了书包里。

早自习的时候,龙隆隆又把听诊器从书包转移到书桌里。

"杨老师,龙隆隆带玩具上学!"龙隆隆的同桌,班长张雨果站起来汇报。汇报完,张雨果还得意地冲龙隆隆眨了眨眼睛。

"真没常识,连听诊器都不认识。"龙隆隆只敢在心里叫板,张雨果可是杨老师专门派来监督他的。龙隆隆低下头,发现膜片上的那张脸也撇起了嘴巴。

杨老师走过来了。张雨果抢过听诊器交到杨老师手里。同学们也都把注意力锁定在杨老师的手上。

"哟,你还有听诊器呢?"杨老师把听诊器带到讲台上说,"正好我这两天身体有些不舒服,你帮我听听心跳吧。"

杨老师是龙隆隆他们班的班主任,教数学,也教语文,每天都忙得团团转。

龙隆隆坐着不动。旁边的张雨果倒是抢先站起来说:"杨老师,还是让我来查吧!龙隆隆平时数学就学得不怎么样,我怕他数不清楚您的心跳次数。"张雨果不客气地走到了讲台上。

　　龙隆隆紧张得头皮发麻。他怕杨老师发现膜片上的那张脸，也怕张雨果发现这是一只不一般的听诊器。如果是那样，杨老师一定会给他妈妈打电话，张雨果也一定会向他妈妈打小报告。到那时，妈妈还会把听诊器送给他吗？

　　讲台上，张雨果已经把听诊器的两只耳塞戴上了。杨老师也把听诊头贴在了自己心脏的位置上。

　　龙隆隆闭紧了眼睛，就像在等待死神的宣判，如果现在不是坐在座位上，而是站着的话，他恐怕要因为腿软而摔倒。

　　一分钟过去了。

　　"这只听诊器是不是有毛病啊？"张雨果摘掉一只耳塞，"怎么什么都听不见？"

　　杨老师检查了一下听诊头的位置，没错啊！

　　"是你不会用吧？"教室里贬低张雨果的声音传出来了。喊得最响亮的是吴非，他最讨厌张雨果对谁也看不起的嘴脸了。

　　龙隆隆睁开一只眼睛，感激地看着吴非。

　　"我不会用，那龙隆隆总该会用吧？"张雨果开始出难题了。

　　龙隆隆恨死了张雨果。早知道这样，就不该把听诊器带到学校来。

　　龙隆隆磨磨蹭蹭很不情愿地走向讲台。

　　"那就请你帮我测一测心跳吧！"杨老师把听诊器递给龙隆隆。

　　"我妈妈说这个听诊器是个次品。"龙隆隆把听诊器的毛病指给杨老师看。

　　杨老师的脸上掠过一抹失望。

　　"要不让我试一试也行。"龙隆隆不忍心看到杨老师失望。

　　龙隆隆戴上了耳塞。

"每天从早到晚地工作真是太累了!"一个不和谐的声音传进龙隆隆的耳朵。

"今天下午学校开会评选优秀教师,不知道谁会投我的票。"那个声音听起来很无奈。

"都怪罗主任,把周心心转到我们班,她学习成绩那么差,每次月考都扯后腿!学校还总拿班级学习成绩来考核老师,因为周心心一个人不及格,我上个月的奖金就被扣去二十元。"那个声音喋喋不休,进而又变得愤怒了。

龙隆隆咬住嘴唇,他怕自己叫出声来。这一次,他居然听到了杨老师心里的声音。

"要是全班都像张雨果那样严格要求自己,每次考试成绩都不低于九十八分,那我不知要省多少力气!"杨老师的心里写满期望。

"隔壁五年二班的陈老师有什么好?连个试卷都判不明白,偏偏学校领导还那么器重她,什么好事儿都派她去,肯定是她背后送礼了。"期望被猜疑占据了。

龙隆隆偷偷地看了杨老师一眼,杨老师一脸平静地站在讲台上。

"测完了吗?"杨老师小声问道。

龙隆隆摘下耳塞说:"测完了。"

龙隆隆不敢再看杨老师,低着头站在杨老师旁边。

"那一分钟心跳多少下?"杨老师期待龙隆隆能够给她一个满意的回答。

龙隆隆的头垂得更低了。要跟杨老师说实话吗?如果杨老师知道他听到了她的心里话,会有什么反应呢?

"到底多少下?"张雨果也跟着起劲儿。她巴不得龙隆隆什么也说不出来,那样就能证明这只听诊器真有毛病,而不是她不会用了。

"说不出来了吧?"张雨果幸灾乐祸地拍了拍龙隆隆的脑门,就像在逗一只在路边玩耍的宠物狗那样。

"你居然敢拿一只破听诊器来欺骗杨老师!"张雨果抢过听诊器,故意在龙隆隆眼前晃悠。

"我没说谎,这只听诊器虽然不能测杨老师的心跳,可是它能听到杨老师的心里话。"龙隆隆一被激将,就把秘密全抖出来了。妈妈很早以前就说过,沉不住气是龙隆隆最大的弱点。果然是这样。

"那你说说我的心里都说了什么话?"杨老师的兴趣也被提了起来。

"你说希望我们都像张雨果那样严格要求自己,学习成绩好。"龙隆隆从那一堆心里话中随便挑了一句。

"这还用你说? 杨老师早就当着全班说过了。"张雨果臭美得不行,连脖子都昂得比平时高出一截。

"那杨老师还说周心心学习不好,影响全班呢!"龙隆隆不甘示弱。

"周心心一考试就最后一名,有目共睹,还用杨老师说呀! 你看看成绩排榜不就知道了吗?"张雨果牙尖嘴利,连吵架都不认输。

周心心听到自己在别人心目中的印象这么糟糕,趴在桌子上哇的一声哭了起来。

杨老师被这几个孩子弄得晕头转向,只得让他们各自回到座位上去。这个时候,第一节课的上课铃声也响了起来。

第 4 章

听诊器失灵了?

好不容易熬到下课,杨老师回办公室去了。

除了张雨果,教室里所有的同学都涌向了龙隆隆。挤在最前面的是林一轩,他和龙隆隆是全班公认的好朋友。只要一上学,他们俩准粘在一起。

"龙隆隆,你把听诊器借给我听听。"林一轩对听诊器充满了好奇。

"快点拿出来吧!"其他同学也跟着嚷嚷。

"那就站成一排,大家轮着听。"龙隆隆一向慷慨大方。

"按间操队伍,密集队形集合!"担任体育委员的林一轩主动喊起了口令。同学们齐刷刷地站好了排。

龙隆隆从书桌里掏出听诊器说:"你们看,听诊头的膜片上还有一张脸呢!"

龙隆隆举起了听诊头,那张脸正冲着他笑。

站在最前面的林一轩把眼睛凑上去看了看说:"没有啊!"

"别贴得那么近,你再离远点看看。"龙隆隆把听诊器向后挪了挪。

"还是没有。"林一轩一脸无辜。

站在林一轩后面的吴非从兜里掏出眼镜戴上,帮着林一轩一起看。

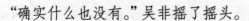

"确实什么也没有。"吴非摇了摇头。

"怎么可能?"龙隆隆把听诊头收过来,那张脸笑得更灿烂了。

"你看这张脸就在这嘛!这是鼻子,这是眼睛……"龙隆隆不死心地指给林一轩和吴非看。

"快点快点,你们几个磨蹭什么呢?"后面的同学不干了,要是按照这个速度,就是排到放学也未必能轮得上他们。

"那我们互相听听对方的心里说什么话也行。"林一轩不忍心为难龙隆隆,况且他对那张脸的兴趣也不大。

龙隆隆把听诊器的耳塞给林一轩戴上了,又把听诊头贴在了吴非心脏的位置上。

林一轩戴上耳塞的同时还捏住了鼻子,他怕自己的呼吸声影响了听的效果。

半分钟过去了,林一轩皱起了眉头。一分钟过去了,林一轩的眉头皱得更深了。

"你听到吴非的心里说什么了?"龙隆隆迫不及待地问。

吴非拿下听诊头,盯着林一轩,说实话,他比龙隆隆还紧张十倍。

"什么也没听到。"林一轩摘下耳塞说,"你的听诊器到底好不好用啊?"

"当然好用。"龙隆隆拍着胸脯打保票,今天早自习他不就听见了杨老师的心里话吗?

这回换作吴非使用听诊器了。他听的是林一轩,为了免受干扰,林一轩把上衣全脱了,打着赤膊站在吴非面前。

吴非像模像样地戴好耳塞,把听诊头对准了林一轩的心脏,过一会儿又对准了林一轩的肋骨,再过一会儿听诊头被挪到了林一轩的肚子上。

听诊器失灵了?

"你听到了什么?"林一轩猜吴非肯定听到了他心里面说,排在后面的几个男生在议论他的身材像面条鱼了。哼!要不是为了听诊器不受干扰,他林一轩才不肯脱衣服呢!

吴非慢悠悠地抬起脑袋,又慢悠悠地把听诊器放在桌子上说:"我什么也没听见。"

吴非疑惑地看着龙隆隆。

排在后面的同学炸锅了,有人喊:"龙隆隆你这不是骗人吗?拿个什么也听不见的听诊器来逗我们玩儿啊!"

龙隆隆有口难辩。他明明看到了听诊头的膜片上有一张脸,也明明听到了很多平时根本听不见的声音!

"我就说龙隆隆拿不出什么好东西来吧?你们一群人居然上了他一个人的当!"一直坐在龙隆隆旁边不说话的张雨果这个时候也来了精神,她轻蔑地从座位上站了起来说,"我现在就去告诉杨老师你们下课不出去活动,在教室里打闹。"

"谁打闹了?"林一轩不同意,张雨果这分明是无中生有,是诬告嘛!

"我不管,反正你们都留下跟龙隆隆一起在教室里玩儿了。"张雨果狠狠地看了龙隆隆一眼,其实最让她生气的是一只破听诊器就能让龙隆隆成为全班的焦点。

"我们只是想互相听听心里话。"龙隆隆不得不低头求饶,他真怕杨老师一生气把听诊器给没收了。凡是被杨老师没收的东西,都要等到学期末才能领回来,而且还要加一条期末考试成绩前进五名的条件。

龙隆隆发现那张脸不知不觉撇起了嘴巴。奇怪,他看得清清楚楚的一张脸,别人怎么就看不见呢?

"就你那听诊器能听到什么?"张雨果嗤之以鼻,然后把矛头对准了大家说，"你们还诬赖我不会用听诊器，那你们就听到声音了？"在张雨果看来，这无疑是她报仇的大好机会。她可没忘早自习的时候这些人笑话她。

同学们见张雨果认真起来，一哄而散，一个接一个溜回到自己的座位上。

龙隆隆的身边就只剩下张雨果一个人了。

张雨果得意极了，她一得意起来就不知不觉地抬高了下巴。

"龙隆隆我有个办法，可以不让杨老师知道课间发生的事。"张雨果见龙隆隆不理她，又主动找龙隆隆说话了。她就是这样难缠的女生，你越理她，想和她玩儿，她就越不理你；反过来，你越不理她，不想跟她玩儿，她反倒会过来找你。

龙隆隆看着张雨果，不知道她的葫芦里卖的是什么药。

"龙隆隆你到学校门口的小卖铺帮我买一瓶酸奶，要玻璃瓶的。"张雨果从文具盒里取出一元钱硬币，扔在龙隆隆的书桌上。张雨果从这个学期开始就计划减肥，每天早晨只喝一瓶酸奶。

龙隆隆瞪了张雨果一眼，张雨果已经在准备第二节课的学习用具了。

龙隆隆抓起硬币，万般不情愿地替张雨果跑腿去了。

第5章

买一瓶酸奶等于丢一面流动红旗

星期五上午的第四节课是美术课,教美术的王老师这节课教大家画海底世界。

同学们刚打完底稿,还来不及涂上颜色,杨老师一脸铁青地推开教室门走了进来。

"今天我们班有一位同学做了不应该做的事,给我们班扣了一分纪律分。"杨老师代替王老师,站在了讲台上。

同学们纷纷停下手里的画笔,把目光汇聚在杨老师的身上。

杨老师目光炯炯,把全班同学都扫视了一遍,最后定格在龙隆隆身上说:"龙隆隆你说你第一节课下课去干什么了?"

龙隆隆以为杨老师在问听诊器的事情,慌忙把听诊器紧紧地攥在手里。他不敢把听诊器放在书桌里,因为无论他藏得多么深,最后都会被张雨果翻出去,交给杨老师。

"没干什么呀。"龙隆隆的声音小得像蚊子打瞌睡。他想,如果杨老师要没收他的听诊器,他就豁出去大哭一场,像今天早自习的时候周心心那样,哭得杨老师心烦。

"还说没干什么,值周的姚老师都看见你到学校外面的小卖铺买了

一瓶酸奶。"杨老师帮助龙隆隆回忆,"难道姚老师还撒谎不成?"杨老师最讨厌她的学生不肯主动承认错误。

龙隆隆想起来了,他跑出去买酸奶的时候,姚老师就坐在收发室里看报纸,当时他还跟姚老师挥手打招呼呢!

"这回你还有什么话说?"杨老师双手叉着腰,因为生气,胸脯一上一下剧烈起伏着。

"这个礼拜就剩这么一天了,前四天我们表现都很好,要是今天也不扣分的话纪律流动红旗又会流动到我们班,可就因为你一个人……"杨老师气得说不下去了。

龙隆隆看着杨老师,可是他的眼前却浮现出姚老师的身影,他跑出大门的时候,姚老师也没说不让他出去买酸奶呀。酸奶买回来的时候,姚老师不是还看着他笑吗?要是姚老师不同意他买酸奶那还看着他笑干什么?

"就因为你一个人的行为,全班的努力就要付之东流,龙隆隆你得学会对集体负责!"杨老师做了几次深呼吸后,接着教训龙隆隆。

"是张雨果叫我去买的酸奶。"龙隆隆为自己辩解。他看见王老师收拾好了教学用品,正准备回办公室去。龙隆隆可不想让王老师带着对他的坏印象离开他们班。可王老师还是走了,她好像根本就没注意龙隆隆说了什么话。

杨老师把目光投向了张雨果。张雨果靠在椅子上竟嘤嘤嗡嗡地哭了起来。

"我……我可没……没让龙隆隆给我去买酸奶。"张雨果哭得上气不接下气,那样子就像是受尽了天下的委屈。

"怎么没让啊?你还给了我一元钱硬币呢!"龙隆隆急了,他没想到

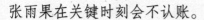

张雨果在关键时刻会不认账。

"我凭什么给你钱啊?"张雨果装傻,"再说,我也没钱啊!"张雨果故意把书包搬到桌子上,让杨老师翻。

杨老师站着没动,眼睛却一直在盯着龙隆隆。说实话,杨老师无论从哪个方面来讲,还是比较相信张雨果说的话。你想啊,第一批就被选为少先队员、每次期末都考第一名、每个学年都被评为"三好"学生的张雨果,她能为了一瓶酸奶说谎吗?杨老师心里的天平没怎么摆动就倾斜到张雨果那边去了。

"龙隆隆,中午放学以后你到我办公室去。"杨老师三下五除二就给龙隆隆定了罪。

第6章
只有龙隆隆才能听到的声音

下午,杨老师参加集体备课去了。姚老师来给龙隆隆他们班代课。

龙隆隆因为中午受到了冤屈,心里一直郁闷,趴在桌子上不愿意起来。

"姚老师,龙隆隆今天身体不舒服。"不等姚老师询问,张雨果主动站起来向姚老师汇报,"就让他趴一节课吧。"张雨果替龙隆隆说话,还是头一回。

姚老师默许了。

龙隆隆看了张雨果一眼,张雨果也正在看龙隆隆。和龙隆隆的没精打采不同,张雨果现在是神采飞扬。她好像完全忘记了上午的事。

龙隆隆移开目光,装作没看见张雨果。张雨果开始做作业的时候,龙隆隆从书桌里掏出听诊器戴上。

"龙隆隆你不好好趴着,折腾什么呢?"姚老师和杨老师一样,都不喜欢学生搞小动作。

姚老师从讲台上走下来了。龙隆隆举起听诊头刚好对准姚老师的心脏。

"学校领导可真会安排,杨老师一出去备课就让我来代课,有那个时间我还想休息一会儿呢！"传声道里传来姚老师的心里话。原来，想听到谁的心里话，也不一定非要把听诊头贴在那个人的身体上。不过也正因为听诊头只是对准了姚老师的心脏，所以传进龙隆隆耳朵里的声音特别特别小。

"幸好今天抓住了龙隆隆到校外小卖铺买酸奶，要不然又无法完成指标了。"姚老师心里那个小声音在继续着。那个指标当然是指值周扣分的指标，是徐校长定下的，每个星期必须要给五个班级扣分，不让他们得到流动红旗。徐校长还说这样做是为了促进大家争先恐后、积极进取。要是流动红旗随便发，不需要努力就能得到，那还有什么意义呢？

龙隆隆偷偷地叹了口气，姚老师为了完成指标，却让他龙隆隆"牺牲"了。

姚老师越走越近，传进龙隆隆耳朵里的声音当然也就越来越大。

"要是不抓住龙隆隆，不给杨老师班扣分，就得给陈老师他们班扣分了。"陈老师是五年二班的班主任，五年二班的位置就在龙隆隆所在的五年一班的隔壁。平时，杨老师总是教育五年一班的学生要把五年二班当做竞争对手。

"昨天，陈老师班也有学生到校门外买东西吃，幸好只是我一个人看到。"那个已经变大的声音继续补充，"我和陈老师平时关系就挺好，我值周不给她一面流动红旗说得过去吗？"

龙隆隆总算弄明白姚老师在收发室里看到他时的笑容了，可是姚老师当时笑得多么真诚啊！龙隆隆手心发凉，他觉得自己的心脏快要跳出来了。

"姚老师，你徇私舞弊！"龙隆隆腾地从座位上跳起来，再也不能控制自己的嘴巴，向姚老师开炮，他还用了今天上午语文课上刚刚学到的

成语。

"你说什么？"姚老师虽然不是老教师，可毕竟也从教十多年，在这十多年里，还没见过一个学生敢这样跟她说话。

"我说你徇私舞弊。"龙隆隆重复了一遍，可是声音明显弱了一截儿。

教室里鸦雀无声，三十六双眼睛分成两派，分别投在姚老师和龙隆隆的脸上。

"你再说一遍？"姚老师动怒了。她没想到龙隆隆真的把话又重复了一遍。

"你偏袒五年二班，他们班也有去校门外买东西的，可是你不给他们班扣分，却给我们班扣了分。"龙隆隆索性把他刚刚听到的姚老师的心里话说出来了。

教室里一片喧哗。谁不知道五年一班和五年二班是竞争对手啊！比学习、比纪律、比卫生、比做操……凡是能比的，他们都得拿来比。

姚老师的脸涨得通红。

接下来的自习时间，姚老师始终坐在讲台上，没有再下来。即使响了下课铃，姚老师也还是坐着不动。

龙隆隆继续趴在桌子上，一会儿把眼睛睁开，一会儿又把眼睛闭上。

刚才下课的时候，周心心路过龙隆隆的座位，龙隆隆破天荒地让周心心用他的听诊器听听外面的声音。

周心心学习成绩差，平时班里没几个人爱跟她说话，所以面对龙隆隆的邀请，周心心反倒受宠若惊起来。

遵照龙隆隆的指示，周心心也把听诊头对准了讲台上的姚老师。周心心双手捂耳，听得很卖力，可是整整十分钟过去了，周心心却什么也没听见。

周心心是不会说谎的，这一点，龙隆隆可以肯定。周心心是全班公认的笨女孩，笨得根本不知道撒谎。

周心心一脸失望地走了。

龙隆隆重新接过听诊器戴上，姚老师心里的声音便一秒钟也不肯耽搁地再一次传进了龙隆隆的耳朵。

"龙隆隆是怎么知道我没给五年二班扣分的？这事儿要是传扬出去可不太好办。那些没得着流动红旗的班级的班主任还不都得找我来要啊？"听得出来，姚老师很担心，也很迷惑。不过，姚老师的脸色已经恢复了正常。

龙隆隆收起听诊头，因为是白天，那抹微弱的蓝光看上去并不明显。

"为什么周心心用这只听诊器也听不见声音呢？"龙隆隆自言自语。这只听诊器也太奇怪了，一到别人手里就失灵。

"难道只有我一个人才能听见？"龙隆隆忽然冒出这么一个想法。

龙隆隆又检查了一下膜片上的那张脸，虽然轮廓淡了点儿，可还是笑嘻嘻的。

龙隆隆想起吴非和林一轩都看不见这张脸，忽然又冒出第二个新想法："难道只有我一个人才能看见？"

为了印证这个想法，龙隆隆决定做一个试验。试验的对象嘛，当然是张雨果了，难得她今天还能帮他说一句好话。

龙隆隆用胳膊肘撞了撞张雨果。

张雨果正在全神贯注地写作业，被龙隆隆这么一撞，本来握着钢笔写字的手一不小心在作业本上划出一道长长的线。

"你干什么？"张雨果瞪着龙隆隆又气又恨地说，"你赔我作业！"

张雨果每一篇作业都写得工工整整，没想到这次被龙隆隆弄了个前

功尽弃。

龙隆隆从书包里掏出一本崭新的演算本,递给张雨果。

"谁要你的破本子!"张雨果不要龙隆隆的演算本,反倒把划坏的那页撕掉,重新一笔一画地写了起来。

龙隆隆讨了个没趣,只得耷拉着脑袋,缩在旁边看着张雨果写作业。

张雨果被龙隆隆这么一看,本来能写对的题目,反而写错了。

"龙隆隆你要干什么?"张雨果气得声音都发抖了。

"我就想让你帮我看看听诊头的膜片上有没有一张脸。"龙隆隆见张雨果肯跟他说话,连忙递上了听诊器,那姿势就像给领导点烟、倒酒似的。

张雨果虽然用眼睛严厉地瞪着龙隆隆,但是还是接过了听诊器。

"看见那张脸了吗?"龙隆隆小心地询问。

张雨果摇了摇头。

龙隆隆在心里直喊万岁。那只听诊器只有在他龙隆隆的手里才能发挥出神奇的功能!

第7章
爸爸妈妈的战争

龙隆隆回到家里的时候，天差不多全黑了。

这都要怪张雨果，她跟杨老师说以后她要准备个小本子，专门记录龙隆隆的不良表现。

龙隆隆一进家门就发现家里的气氛不对。爸爸早早就回来了，看到龙隆隆却没有反应，妈妈也一反常态，在家里还蹬着一双高跟鞋。

爸爸和妈妈各自守住餐桌的一角。

"你以后要是不愿意回家就不要再回来了！你干脆搬到外面去住！"妈妈的声音比平时高了八度。

"我怎么不愿意回家了？"爸爸虽然委屈，可也不甘示弱，"我一年到头带团跑景点，一会儿上山，一会儿下海的，我容易吗？"爸爸一边说还一边拍桌子。

"你一天到晚游山玩水还嫌不容易，那我白天推销医疗器械，晚上还要管孩子，就容易了？"妈妈一看爸爸拍了桌子，火气就更大了。每次吵架，妈妈的声音总要盖过爸爸的，好像这样一来才会取得胜利。

爸爸看了妈妈一眼，深吸了一口气，想说什么，却硬生生地把话又咽了回去。

爸爸回房间躺着去了。

妈妈趴在餐桌上哭了起来，爸爸刚才拍桌子时震洒的菜汤蹭得妈妈的胳膊油亮油亮的。

龙隆隆蹑手蹑脚地钻进自己的房间，其实他每天都掰着手指头盼爸爸回来，可是有时候他又想："爸爸还是别回来了。"为什么呢？因为每次爸爸回来，都要带来一场和妈妈的"战争"。

龙隆隆从书包里掏出作文本，这一次杨老师布置的作文题目是《我的老师》。杨老师布置题目的时候说："大家随便写啊！不要总写好的，写点儿不好的也有利于我们老师改正错误嘛！"

龙隆隆决定写姚老师。不过他得在作文里隐去听诊器这个环节，因为杨老师还说过写作文要贴近生活，不要把怪力乱神的东西挂在嘴边。

"杨老师能相信那是一只神奇的听诊器吗？只有我一个人才能听到声音的听诊器？"龙隆隆考虑来考虑去，还是不敢冒这个险，他怕作文成绩不及格。

龙隆隆把亲耳听到改成了亲眼看到。在作文中，龙隆隆设计了他亲眼看到姚老师放走五年二班同学到校门外小卖铺买东西这个情节，明天他还准备亲自到那个小卖铺采访一番，请卖东西的阿姨来证明一下是哪个同学去买的东西。

"这样，就真实多了。"龙隆隆为自己的想法雀跃不已，作文有了思路，一下笔就写得飞快。

龙隆隆作文写到一半的时候，客厅里又传来爸爸妈妈的争吵声。

"我一回家你就找我麻烦，你到底想要干什么？"是爸爸先吼起来的。不用说，这准是妈妈看见爸爸舒舒服服地躺在床上，又上去揪爸爸耳朵了。

爸爸一米八几的大个子，天不怕、地不怕，就怕别人碰到他的耳朵。

爸爸理发的时候才有趣呢,理发师刚一动剪子,爸爸就喊道:"小心,耳朵,耳朵!"这样每剪一次头发,爸爸总得喊不下二十遍。

"你成年累月不回家,一回家就占用我的床。"妈妈把她和爸爸共同的大床说成了是她自己的。

"不占就不占,不就是一张床嘛!"爸爸腾地从床上弹下来,"我有的是地方睡觉。"爸爸把毯子和枕头卷成了一个铺盖卷儿,三步并作两步,逃到龙隆隆的房间去了。

爸爸把他的铺盖和他那庞大的身躯一起扔在了龙隆隆的小单人床上,只听见床板吱扭吱扭响个不停。

龙隆隆掏出听诊器,他想听听这回床怎么说。上次床不就抱怨过龙隆隆在它身上翻跟头吗?听诊头很快就对准了床。

"哎呦呦!怎么这么疼啊!一定是骨折了。"床呻吟起来。

爸爸却还在床上翻身翻个不停。

"爸爸,你相不相信床会痛?"龙隆隆试探着问。龙隆隆看见一条床腿裂开了一道缝儿,可是他却无法阻止。

爸爸好像没听见似的,一会儿把脸冲着门,一会儿又转过去把脸冲着窗户。

龙隆隆把听诊器向上移,听诊头这回对准了爸爸的心脏。

"这家伙怎么还不进来跟我道歉?"爸爸心里的"这家伙"当然是指妈妈。

"她要是不道歉,我就跟她没完!"爸爸心里的声音变得恶狠狠的。

"可是她要是不来跟我道歉,那我可怎么收场?"恶狠狠的声音在一瞬间又变得可怜兮兮的。

龙隆隆忍住了笑,原来爸爸的心理活动这么丰富。

爸爸在龙隆隆的床上躺了不到五分钟,就再也沉不住气了,他坐起来拍了拍钱包说:"儿子,爸爸带你出去玩儿。就咱们俩,不带你妈去。"爸爸的钱包鼓鼓囊囊,看样子装了不少钱。

龙隆隆看了看手腕上的电子表,快九点了,爸爸要带他去哪儿啊?

不过,龙隆隆还是以最快的速度穿戴整齐。有关玩儿的事情他可从不落在后面。

今天晚上,爸爸也特别大方。爸爸先带龙隆隆去拍了"大头贴",还剪下他认为最帅的一张贴在了手机电池上,这样,爸爸随时都能看见龙隆隆了。

后来,爸爸又带龙隆隆去了麦当劳。龙隆隆闻到麦当劳特有的奶油和炸鸡混合的香味儿,口水忍不住泛滥起来。

"想吃什么随便点。"爸爸的派头像个老板。

龙隆隆想吃鸡腿汉堡、甜筒、薯条……凡是麦当劳里有的东西,他都想吃。

可是他的肚子里有蛔虫啊。龙隆隆一辈子也忘不了那两只蛔虫说过的话,它们希望龙隆隆吃好的,龙隆隆吃得好,它们也借光吃得好。

这两只蛔虫还总闹得龙隆隆肚子痛,它们发誓要吸光龙隆隆身体里的营养。为了饿死蛔虫,龙隆隆曾创下连续两顿饭不吃的个人记录,结果他自己先饿得眼冒金星。

"没关系,今天你说了算。"爸爸鼓励龙隆隆消费。

龙隆隆咽了咽口水说:"爸爸,我还是先吃打虫药吧!"龙隆隆最怕吃药了,可是又有什么办法呢?

不过,爸爸还是很够意思地叫了一份儿童套餐和一份超值套餐,说是给龙隆隆带回家去当夜宵。儿童套餐还额外赠送了一只可爱的水族玩具呢!

第 8 章
连妈妈都来讨好龙隆隆了

就在爸爸带龙隆隆出去玩的第二天,妈妈破天荒地到学校门口接龙隆隆放学。

妈妈还满脸堆笑地说要带龙隆隆一起去逛家乐福。家乐福是目前为止龙隆隆家那一带最大的超市。

龙隆隆乐得一蹦三尺高,拽着妈妈的手在前面带路。

妈妈说:"龙隆隆你要是走累了,我们就叫出租车。"

龙隆隆哪里会累?只要是去溜达,他就永远不喊累,不叫苦。

在家乐福存包的时候,龙隆隆把听诊器挂在脖子上。妈妈一反常态没有呵斥他,还说如果龙隆隆喜欢听诊器的话,她明天去单位给龙隆隆弄个好的,保证一点质量问题也没有。价钱嘛,当然是按出厂价付款了。

龙隆隆戴好听诊器,和妈妈一起上了电梯。

今天,妈妈看龙隆隆的眼神都比平时显得神采奕奕。妈妈说:"我家的龙隆隆一戴上听诊器比医生还要威风啊!"

妈妈的声音有点大,惹得周围的人都探过头来看热闹。龙隆隆脸一下子红了。他听见那些人在心里说:"这个家长可真会鼓励孩子,从小就戴着听诊器学医生,将来没准就当上了医生。"

电梯把龙隆隆和妈妈送到了超市二楼。二楼是卖生活用品的,平时妈妈总爱和一些家庭主妇们挤在特价柜台挑选打折的碗呀、盘子呀什么的,这次妈妈却绕开了那些东西,反而拉着龙隆隆去了卖文具的货架。

"龙隆隆,这学期开学妈妈没给你买新文具盒,今天给你补上。"妈妈指着货架上的一溜文具盒,让龙隆隆挑。

龙隆隆假装挑选文具盒,趁妈妈不注意,他把听诊头对准了妈妈的心脏。

"哼!你这个傻大个儿就会给孩子买吃的,你还真以为吃饱了不饿呀?"妈妈心里的"傻大个儿"当然是指爸爸。

"别以为买两个汉堡就能讨好龙隆隆,龙隆隆再怎么样也是我生的儿子!"原来妈妈还在跟爸爸怄气呢!

"就你会给儿子买东西呀?告诉你我也会!而且我买的东西比你那堆垃圾食品强一百倍!"妈妈的火气还不小,越说越劲儿。

龙隆隆放下听诊头,原来妈妈是为了跟爸爸比试谁买的东西好才带他来家乐福的。

龙隆隆嘿嘿地笑起来,他取下货架上最贵的一个文具盒问:"妈妈,买这个也行吗?"虽然妈妈在跟爸爸比赛,可是龙隆隆还不敢完全确定妈妈真能做到他要什么就给买什么。

妈妈这次却没有看价签,直接就把文具盒放进了购物车里。

"你看看你还需要什么?尽管跟妈妈说。"妈妈满脸堆笑,好像超市里的东西都不要钱似的。

龙隆隆站在货架之间,努力回忆自己平时都有哪些愿望没有实现。

"买一双直排轮旱冰鞋怎么样?"还是妈妈记性好,龙隆隆两年前就跟妈妈要一双直排轮旱冰鞋,可是妈妈一直都不同意。

　　这次，妈妈主动给龙隆隆挑了一双黑底儿带蓝色花纹的直排轮旱冰鞋，就连滑旱冰时需要的头盔、手杖、护膝这些配件，妈妈也一件接一件地装进购物车里。

　　"龙隆隆，妈妈再给你买一只旅行包。"没等龙隆隆反应过来，妈妈又大步流星地冲向卖包的货架了。

　　龙隆隆推着购物车，心里偷偷地盘算着买这么多东西要花多少钱。天啊，都快赶上妈妈一个月的工资了！可是妈妈还在把货架上的物品不停地扔进购物车里。

第 9 章
爸爸妈妈的心里都挺温柔

爸爸看到妈妈一下子给龙隆隆买了那么多东西,气得鼻子直哼哼。

妈妈发现爸爸生气了,当然得意得不得了。

"儿子,明天我们还去家乐福。你要什么妈妈都给你买!"妈妈说这句话的时候,用眼角的余光偷偷地瞄着爸爸。

"家乐福有什么了不起的?龙隆隆,明天爸爸带你去室内公园,你想玩什么随便你。玩高兴了,爸爸再带你去吃烤肉串。"爸爸说这句话的时候,也用眼角的余光偷偷地瞄着妈妈。

龙隆隆被夹在这两个大人中间,不知道该站在哪一边才好。

"烤肉串能花几个钱啊?明天放了学,妈妈接你去吃西餐,牛排才好吃呢!"其实妈妈也没吃过牛排,不过她觉得牛排要比烤肉串高级一些。

"假洋鬼子!"爸爸轻蔑地回敬了妈妈一句。

"龙隆隆,等这个周末,爸爸带你去大青沟吃烤全羊!"爸爸轻而易举地利用了自己的导游优势,"吃饱了羊肉,咱们还去玩漂流,玩累了就住蒙古包。"

妈妈不出声了,恶狠狠地瞪着爸爸。

晚上,趁爸爸妈妈都睡着的时候,龙隆隆潜入他们的房间。

躺在床上的爸爸妈妈各自把头歪向一边。

龙隆隆先把听诊头贴在爸爸心脏的位置上。爸爸的心里话听得更清楚了："这家伙真有意思，以为买几样东西就能把孩子拉到她那一边？我们龙隆隆是不会被这几颗糖衣炮弹击中的。"

"龙隆隆是男孩子，男孩子当然得跟爸爸好！"爸爸下了结论，还挺自信。

"要是周末我们全家都去大青沟那该多好啊！"爸爸心里的声音忽然又变得温柔起来，一点儿也不像刚刚和妈妈吵架时那么凶。

"我就想给你当一回导游，可是你总说自己晕车，总是不肯跟我出去逛逛。"这句话是爸爸跟妈妈说的，爸爸的声音听起来是那么难过。

龙隆隆没想到，一直跟妈妈针锋相对的爸爸居然想带妈妈去旅游，这可是连他龙隆隆都不容易享受到的待遇啊！

龙隆隆再看一眼爸爸，他均匀地呼吸着，翻身的时候，还往妈妈的身边靠了靠。

龙隆隆又把听诊头贴向妈妈。

"龙隆隆是我的，谁也别想跟我抢！尤其是你这个傻大个儿。"妈妈连睡觉都不忘了跟爸爸较量。

"你一年到头才回家几天呀，孩子不都是我在监护吗？"妈妈开始算账了。爸爸哪一天回来，哪一天走，妈妈记得清清楚楚。妈妈还在心里叹气呢！

"你知不知道你不在家，我和孩子有多想念你啊？孩子天天掰着手指头数日子。我呢？天天在日历上画圈儿，黑色的圈儿代表你不在家，红色的圈儿代表你回来了。"妈妈越说越难过，好像马上就要哭了。

龙隆隆这才弄明白为什么妈妈每天都在日历上画圈儿，原来是想爸爸呀！

　　可是为什么妈妈不说出来呢？而且,她总是表现出一副对爸爸要么不理不睬,要么恨之入骨的样子。

　　换了他龙隆隆可就不这样。如果他想念爸爸了,他会给爸爸打个电话,然后使劲儿地喊:"爸爸,我想你了,你在哪儿啊？什么？你在西双版纳？不行,你要马上回到我身边来！"等爸爸一踏进家门,他一定冲上去,搂住爸爸的脖子,狠狠地咬上一口。

　　像妈妈那样,光是心里想,爸爸怎么会知道呢？爸爸才不会知道呢！

第 10 章
林一轩的好办法办了坏事情

课间休息的时候，龙隆隆把爸爸妈妈心里的对话告诉林一轩。

林一轩比龙隆隆早出生半个月，可是林一轩的办法却比龙隆隆多一筐。所以，龙隆隆一遇到什么事情，总愿意让林一轩给他出主意。

可不就是这样吗？龙隆隆刚把爸爸妈妈的心里话说出来，林一轩马上就想出了一个在龙隆隆看来好到极点、好到不得了的办法。而且，这个办法实施起来很简单，一点儿也不困难。

这一天的中午，刚放了学，龙隆隆连午饭也顾不上吃，就在林一轩的授意下去了家乐福。

家乐福的一楼有一个小角落，专门销售各种各样的心意卡，有祝贺生日的、有祝贺新年的、还有向别人道歉的……

龙隆隆左挑右选，一张粉红色的卡片闯进了他的视线。这张粉红色的卡片上，印着一颗更加粉红的心，粉红的心里还有两个互相依偎的小人儿，小人儿的头顶写着一行金灿灿的美术字："一颗心装着我们俩，愿甜蜜永远到白发。"

"白发，可不就是白头到老的意思嘛！"龙隆隆有点儿不好意思了。不过，他真心希望爸爸妈妈能够一起生活一辈子，最好再把他龙隆隆也加上,三个人永远都不要分离。

龙隆隆买下了这张卡片,又去邮局用特快专递寄给爸爸,落款嘛,当然写上妈妈的名字。

按照林一轩的招数,龙隆隆还得再去一趟鲜花店,买一束玫瑰花送给妈妈。

鲜花店在回学校的路上就有,龙隆隆不怕花钱,一口气买了九枝红玫瑰,因为林一轩说过"九"就代表"天长地久"。

龙隆隆把妈妈单位的地址留给鲜花店的服务员,送花人的姓名栏里写上了爸爸的名字。

这个世界上没有不喜欢收礼物的人。龙隆隆饿着肚子想象爸爸妈妈收到礼物时的情景,他们应该多么快乐、多么感动啊!

林一轩也说:"如果不出什么意外(这个意外是指爸爸没收到快递、妈妈没收到鲜花),爸爸妈妈晚上一回家就能和好。"林一轩说这些话的时候,表情就像个儿童版的诸葛亮,连眼睛都闪烁着智慧的光芒。

龙隆隆一看见林一轩那副运筹帷幄的样子,真恨不得冲上去狠狠地拥抱他一下。如果爸爸妈妈能和好,他心甘情愿再请林一轩吃一个月的炸肉串!

这天下午,龙隆隆的课堂作业写得飞快,比张雨果还要快。五年一班有个不成文的规定,凡是不能按时完成一天学习任务的,下午放学都要留下来加班加点。龙隆隆当然不能挨留,他还得回家见证爸爸妈妈和好的场面呢!今天中午买礼物的钱绝不能白花,那可是他龙隆隆近半年的积蓄啊!

终于坚持到放学,龙隆隆如愿以偿,第一个冲出教室。

为了早一点回家,龙隆隆不惜血本叫了一辆出租车。出租车一连超

过了好几辆龙隆隆平时回家坐的225路公共汽车。

离家越近,龙隆隆心情越激动。出租车还没停下来,龙隆隆已经把车费掏给了司机。出租车刚停稳当,龙隆隆就像屁股着火似的钻出车冲进楼洞了。

龙隆隆家住在三楼,刚跑到二楼,他就听见自己家的防盗门被打开的声音。龙隆隆曾经在这扇防盗门内侧的把手上拴了一只小铃铛,只要有人开门、关门,小铃铛准会尽职尽责地响起来。

龙隆隆受到小铃铛的鼓舞,跑得更快了,只一眨眼的工夫,就来到了家门口。

爸爸正好要出门,龙隆隆和他撞了个满怀。

爸爸的脸色看上去不太好,对龙隆隆爱理不理的,就差没把他推走了。

"龙隆隆你回来得正好,你来评评理。"妈妈一拍桌子,也冲到门口,她还抓住了龙隆隆的一只胳膊。妈妈的眼眶红红的,好像刚刚大哭了一场似的。

龙隆隆站在爸爸妈妈中间,一会儿抬起头来看看爸爸,一会儿又抬起头来看看妈妈。

"你们怎么又吵架了?"龙隆隆觉得自己的一个头要变成两个大。按照林一轩的计策,爸爸妈妈现在应该和好才对呀!

"你让他说!"妈妈把烫手的山芋丢给了爸爸。

"我说就我说。"爸爸吵起架来一点儿也不含糊,"我今天收到了一张卡片,明明是你妈妈寄给我的,可她偏偏不承认,还说是什么女游客寄来的。"爸爸的脸上写满了委屈。

龙隆隆不敢再看爸爸了。爸爸的反应和林一轩说的一点也不像。

可是爸爸却并不打算就此罢休,为了让龙隆隆听清楚他说的话,他

还托起了龙隆隆的下巴。

"龙隆隆，你最好也让你妈妈说一说她自己那边是怎么回事。"因为气愤，爸爸的头发都要竖起来了。

"我有什么好说的？我下午收到了一束玫瑰花，那是你爸爸送的。"妈妈提到爸爸的时候，还不忘狠狠地瞪爸爸一眼。

"谁送花给你了？"爸爸连连摆手，没做过的事情他可不能承认。

"本来就是你送的嘛！"妈妈急了，一副要跟爸爸拼命的架势。妈妈的反应和林一轩说的也不像啊！

"我没送，就是没送。一定是什么男客户送给你的。"爸爸躲在了防盗门后面，时不时地插上一句话来气妈妈。

"那我也没送你卡片！"妈妈又哭了。

龙隆隆第一次感觉到，妈妈要是铆足了劲儿哭的话，绝对比他们班里任何一个女生的哭声都响亮。

第 11 章
妈妈还是那个妈妈

爸爸晚上接了个旅游团到泰国去了。爸爸临走的时候还是很生气，他愤愤不平地带上行李就走了。

家里又只剩下龙隆隆和妈妈两个人。

妈妈做的米饭还是那么硬，炒的菜要么太咸，要么太淡。妈妈自己不怎么吃，自从爸爸走了以后，她就开始减肥了。妈妈减肥的认真程度，绝不比张雨果差。

可是龙隆隆就受不了啦！龙隆隆恨不得一天能吃六餐，他觉得"吃"是美好生活的体现。

妈妈给龙隆隆盛好了饭，躺在沙发上一动不动。她每天吃的食物太少了，稍微一活动就感到心跳加速、浑身乏力。妈妈只能用睡眠来应付体力不足。

龙隆隆觉得这样的妈妈很可怜。妈妈快要睡着的时候，龙隆隆把听诊器贴在了妈妈的胸前。

"我快要跳不动了。"妈妈的心脏率先发出疲倦的声音。

"我也要痉挛了。"妈妈的胃紧接着也表示抗议，"像她这样不吃不喝，对我们的损耗是最大的。我看她还没减去肥肉，倒先把性命搭上了。"

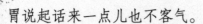

胃说起话来一点儿也不客气。

龙隆隆吓了一跳。妈妈减肥真会减得死掉吗？

"龙隆隆的爸爸一定是嫌我长得胖才不愿意待在家里的。"妈妈的心里话从那颗疲倦的心里爬出来，传进龙隆隆的耳朵里。

"如果我能瘦二十斤，一定会给他带来惊喜的。"疲倦的心充满渴望，"到那时我就能穿上商场里挂着的那些漂亮裙子了。"

龙隆隆想起去年，爸爸妈妈和他三个人一起去百盛，当时爸爸看好了一件连衣裙，想给妈妈买，可是妈妈连最大号的那件都拉不上拉锁。当时，妈妈的脸可红了，比在课堂上罚站的女同学的脸还要红十倍。

妈妈一定是为去年夏天的事耿耿于怀吧？

不过，爸爸也没说什么呀！

妈妈在沙发上翻了个身，听诊器差一点滑到地板上。

妈妈的神情不对了，豆大的汗珠从额头上涔涔地冒出来。

"胃……胃痛……"妈妈的眼睛闭得紧紧地，嘴里却不断地呻吟。

龙隆隆急忙把听诊头按在妈妈的胃上。"哼哼，这就是你不吃东西的下场，你害得我浑身伤痛，我又怎么能让你好过？"胃的声音越来越恐怖。

"龙隆隆……龙隆隆……"妈妈的声音越来越弱。

龙隆隆扶着妈妈的肩膀，帮助她从沙发上坐起来。龙隆隆还试着把妈妈背起来，可是沙发太低，妈妈又无法配合，试了几次都没有成功。

龙隆隆只好给急救中心打电话。三分钟后，急救车呼啸着冲到了龙隆隆家楼下。

妈妈被救护车拉到了附近的一家医院。

经过诊断，妈妈得了胃痉挛。主要原因就是饮食无规律，而且是长

时间饥饿造成的。不过,情况并不算严重。

妈妈虚弱无力地躺在病床上打着点滴。龙隆隆趁机把听诊头贴在妈妈的手背上,药水顺着针头流进血管的声音像是攻克城池的千军万马,它们在妈妈的身体里和疾病顽强地斗争着……

经过这一趟医院之行,妈妈总算开始吃东西了。妈妈说:"如果我病倒了,那龙隆隆不就没人管了吗?"妈妈说这句话的时候,声音温柔极了。

龙隆隆一下子扑进妈妈的怀里。虽然妈妈有些胖,可是她的身体抱起来是那么柔软,像家居饰品店里圆滚滚的大抱枕。胖有什么不好呢?如果她是一位排骨妈妈,那还不得把小孩子硌死了?

不过,妈妈吃饭归吃饭,可吃的都是些清淡的东西,比如水煮鸡蛋、凉拌黄瓜、白菜心蘸酱什么的。至于主食,除了馒头,还是馒头。

妈妈不光自己吃,她还让龙隆隆陪着她一起吃。妈妈说这叫防范于未然,要是从小不注意保持身材,暴饮暴食的话,将来长大了十有八九是个胖子,到时后悔已经晚了。

妈妈的理论跟张雨果太像了!龙隆隆不禁想让自己和张雨果换换身份,让张雨果来吃减肥套餐,她肯定乐意。

可是他龙隆隆就不行了,他是标准的肉食动物,一想到每天就吃这些没有什么油水,也没有什么味道的白菜、黄瓜,就感到生活无比黑暗。

什么时候妈妈能改吃焦溜肉段、红烧狮子头、干煸鱿鱼、盐酥鸡……就好了。特别是干煸鱿鱼,有点酥,有点脆,有点麻,有点辣,那味道实在是太好了!

龙隆隆一想到这些,口水再也止不住流了一地。

第 12 章
妈妈成了作文的主角

上次,龙隆隆写姚老师的那篇作文得了个"优"。杨老师还特意在作文的后面给龙隆隆写了几句话,希望龙隆隆不要受这件事情影响,今后继续做一个正直的人。

不过,杨老师和姚老师都是老师,是一个级别的,杨老师没有去批评姚老师。那件流动红旗风波最后也只好不了了之。

这次,杨老师又布置了一篇作文,还是写人,写一个熟悉的人。

龙隆隆以为林一轩会写他,他们上课、下课都在一起,再熟悉不过了,龙隆隆趁着杨老师不注意,跟林一轩打起了哑语,才得知林一轩要写吴非。

龙隆隆飞快地写了一张小纸条,通过周心心传到了林一轩手里。纸条上说:"如果林一轩不写龙隆隆,龙隆隆就跟林一轩断绝往来。"

龙隆隆伸长了脖子,监视着林一轩的一举一动,直到林一轩新翻了一页稿纸,他才满意地把脖子缩回来。

龙隆隆想看看张雨果写谁。张雨果的作文是公认的好,你看连她的名字都跟法国大文豪雨果的一模一样,她还曾代表学校参加过全市小学生作文邀请赛呢!

龙隆隆刚一探头,张雨果"啪"的一声把作文本扣在了书桌上干脆不写了。

龙隆隆只好再把头缩回来,把注意力放在他自己的本子上。

龙隆隆决定写妈妈。妈妈虽然有很多缺点,但是优点也不少嘛!比如,妈妈很爱干净,妈妈工作很卖力,妈妈虽然外表严肃可是心里却很温柔……

龙隆隆打算从妈妈的心里写起,他听到了妈妈那么多的心里话,当然得帮助妈妈宣扬一番,要不然像妈妈那样不擅长表达自己的人,让别人怎么了解她呢?爸爸不就总误解她吗?

如果这篇作文还能得"优",龙隆隆就给爸爸邮去,昨天爸爸往家里打了电话,说他带着旅行团到了曼谷。

龙隆隆拉开架势,三下两下列好了作文提纲。

就在龙隆隆准备正式动笔的时候,一阵疼痛从他的胳膊肘传来。张雨果正举着一支钢笔得意洋洋地看着他。

"你干什么?"龙隆隆抗议。不用说,刚才准是张雨果用钢笔尖袭击了他。

"你过界了。"张雨果理直气壮,早在上学期开学,张雨果就在书桌上划了一条"三八线",把龙隆隆远远地挡在了线外。

"反正你也不写作文,我稍微过一点界怕什么?"龙隆隆跟张雨果理论。

"稍微过界也是过界。"张雨果还挺坚持原则。

龙隆隆没话说了,他忽然觉得张雨果将来应该当个边防战士,去守卫国界。

龙隆隆往外挪了挪身子,把张雨果也写进了作文里——

"我经常受到同桌张雨果的欺负，一天，她用钢笔又一次把我的胳膊肘扎破了。回到家，妈妈看到我受了伤，心疼得痛哭流涕，正所谓伤在儿身，痛在娘心！我的妈妈本来就是一个温柔、善良的人，最看不得别人受苦的。"

当然，龙隆隆的妈妈肯定不至于那么脆弱，看到一点小伤小痛就泪流满面。换句话说，如果妈妈看到有人欺负她的儿子，生气起来是会去找人家拼命的。

不过，一个喜欢和人吵架的妈妈可不是龙隆隆想写的妈妈，那也太不符合温柔的条件了，爸爸看了也要皱眉头的。

只是，用张雨果的恶毒来衬托妈妈的美好，既揭露了张雨果，又歌颂了妈妈，却是一举两得的事情！

龙隆隆为自己的创意雀跃不已。

第13章

周心心和张雨果的作文内容竟然雷同

这一次，杨老师批改作文的速度很快，可以说，比任何一次都快。早上才交的作文本，到了下午就已经批好了。杨老师还让林一轩立即去她的办公室把作文本都抱回来呢。

龙隆隆因为太关心他的作文能不能得"优"，在教室里简直如坐针毡，一会儿伸着脖子看看门口，一会儿歪着脑袋看看杨老师在干什么。

杨老师的表情倒是严肃得很。

"这次的作文，我们班有两个同学写得简直是一模一样。"杨老师的眼睛把全班每个同学都扫视了一遍，最后停留在周心心的身上。"周心心，你的作文怎么和张雨果写的那么像？"杨老师的语气一下子变得严厉起来。

周心心吓得大气不敢出，低垂着的脑袋好像要埋到上衣里。

"说话！"杨老师一向不喜欢她的学生装哑巴，越是遇见不说话的学生，杨老师的火气就越大。

周心心扁了扁嘴，好像是要哭了，可是她还是非常努力地想把眼泪给憋回去。

"也许她们两个写的是同一个人呢！"龙隆隆忍不住想替周心心

说话。

杨老师也真不公平,周心心和张雨果的作文写得像,凭什么就只拷问周心心一个人?还应该拷问拷问张雨果嘛!让张雨果也来解释一下。

龙隆隆用眼角的余光瞟了一眼张雨果,她低着头,正装模作样地收拾文具盒呢。

"这里面肯定有猫腻!"龙隆隆在心里推断。要是没有猫腻,张雨果早就站起来,帮着杨老师一起声讨周心心了。

龙隆隆决定动用他的听诊器探探张雨果的内心世界。

为了避免被杨老师发现目标,龙隆隆把听诊器藏进衣服里,而且只戴了一只耳塞,听诊头顺着左侧的衣袖伸出来,对准了张雨果。

"周心心这个笨蛋,居然也在作文选上抄作文。"张雨果在心里骂周心心。

"真讨厌,干吗和我抄同一篇?"张雨果的话吓了龙隆隆一跳。张雨果的作文多次被拿到班上当范文给大家朗读,可她居然也抄袭起别人来了!

"那本作文选是我邮购的,按理说书店里也没有卖的呀,周心心怎么会看到呢?"张雨果在心里频频发出疑问。

张雨果想得太出神了,连杨老师叫她都没有听见。

龙隆隆不得不拉了拉张雨果的衣袖。

"你干什么?"张雨果不领情,反而使劲推了龙隆隆一下。

"张雨果,你和周心心写的是同一个人吗?"杨老师把问题又重复了一遍,她有信心张雨果一定会对她说实话的。去年,张雨果不是被评选为学校里的诚实标兵吗?诚实标兵就应该带头说实话。

"我们写的是同一个人。"张雨果的声音小得像蚊子哼哼。平时,她

打心里看不起周心心这样学习成绩不好的同学,今天承认和周心心写的是同一个人实属被逼无奈。

"我们是有一个共同的朋友,她叫李小语,就是作文里写的那个李小语。"张雨果顺着杨老师的期望编瞎话。

听诊器在龙隆隆的衣服里摇摆起来。龙隆隆好不容易按住听诊头,膜片上的那张脸黑得像包公。

杨老师对张雨果的回答很满意,微笑着让张雨果坐下了。

周心心也借光坐下了。

龙隆隆忽地从座位上弹了起来说:"杨老师,张雨果骗你呢!她的作文是抄袭的。"龙隆隆觉得自己应该提醒杨老师不要上当。

"不信,你问周心心,她的作文是不是抄的?"龙隆隆理直气壮。

周心心被龙隆隆这么一点名,脸一直红到了耳朵根。

"我……是……是照作文选抄的。"周心心招供了。

这下,龙隆隆可高兴了。周心心是抄的,不就证明张雨果也是抄的吗?平时总是张雨果揭他的短,今天也换他揭揭张雨果的短。

龙隆隆得意洋洋地看了张雨果一眼,还十分热情地从周心心的书桌里翻出那本作文选交给了杨老师。

"周心心,快告诉杨老师你抄的那篇作文在哪一页?"龙隆隆前后跑着,像个传菜的店小二。

"在一百六十五页。"周心心还真愿意被龙隆隆牵着鼻子走。

"杨老师,在一百六十五页!"龙隆隆生怕杨老师听不清楚,又大声转达了一遍。

教室里炸开了锅,许多同学都不敢相信作文第一的张雨果还会做出抄袭的事情来。

　　杨老师握着那本作文选,犹豫了,她好像特别不愿意翻开它。杨老师把目光投向了张雨果。

　　张雨果伏在桌子上哭了。这次,她的胳膊肘过界了,不过龙隆隆却没用钢笔尖扎她。

第 14 章
跟踪张雨果行动

按理说,龙隆隆报了一箭之仇应该心情愉快,可是不知怎么,看到张雨果把眼睛都哭肿了,他又觉得自己非常对不起张雨果了。

放了学,张雨果收拾了书包往外走,龙隆隆悄悄地跟在了张雨果的身后。

张雨果今天戴了一顶渔夫帽,她故意把帽檐压得低低的,这样,她看不全别人的脸,别人也看不全她的脸。

为了探测张雨果的心里在想什么,龙隆隆戴好了听诊器。可是,街上的噪音太大了,不是汽车的喇叭在叫,就是自行车的铃声在响,龙隆隆左躲右闪,怎么也听不清张雨果心里都说些什么。

张雨果好像存心给龙隆隆捣乱似的,一会儿走得飞快,一会儿又走得很慢,比去幼儿园接小孙女回家的老爷爷、老奶奶走得都慢。

龙隆隆跟在张雨果的后面,还没走过两条街就累得小腿发软,只想一屁股坐下来休息。

可是,张雨果好像一点儿也不知道累似的,越走越起劲儿。

龙隆隆只得硬着头皮跟下去。他看着张雨果钻进了路边的电话亭。

电话亭是立在街边的那种封闭式的小房子,只容得下一个人。张雨

果关好电话亭的门,投进几枚硬币,又拨了一串电话号码,然后嘀嘀咕咕地打起电话来。

龙隆隆把听诊头对准电话亭,电话亭的门关得太紧了,传声道里只传来一阵忙音。

张雨果的电话打了很长时间,硬币不够了,她还往投币孔里续了几枚。

龙隆隆等在外面,急得跳脚。

张雨果第三次续硬币的时候,龙隆隆再也忍不住了,干脆跑过去敲电话亭的门,好像再不敲门的话,他就要被憋疯了。

"张雨果,你干什么呢?"龙隆隆完全忘记了自己的任务是跟踪张雨果。

张雨果吓了一跳,她根本没想到会在大街上遇见龙隆隆。当然,她也不想遇见龙隆隆,这个世界上她最不想遇见的人就是龙隆隆了。

龙隆隆戴着听诊器,当然知道张雨果心里在想什么,可他还是一副嬉皮笑脸的样子。

张雨果打开电话亭的门,不理龙隆隆,继续往前走。

"张雨果,你等等。"龙隆隆跑了两步,拦住张雨果。他可不想再跟着张雨果一前一后地走下去。他的脚要累断了。

张雨果就像没听见似的,反而走得比以前更快了。

龙隆隆听见张雨果的心里说:"有能耐你来追我呀,累死你这个多管闲事的家伙!"

"张雨果,我请你吃烤肉串!"龙隆隆丝毫不在意张雨果在心里骂他,还使出了撒手锏,他觉得烤肉串是世界上最美味的东西了,没有人能抵挡得了那种美味。

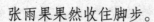

张雨果果然收住脚步。

"怎么样？跟我去吧！"龙隆隆真心诚意地邀请。虽然他一向讨厌张雨果，觉得她事儿多，爱向杨老师打小报告，可是今天张雨果因为他的揭发哭了，他的心里开始过意不去了。他还是比较习惯张雨果趾高气扬的样子。

张雨果站着不动，静静地看着龙隆隆。她的心里却在嘀咕龙隆隆为什么请她一个人吃烤肉串。

"你该不会害怕我在烤肉串里下毒谋害你吧？"龙隆隆故意说出张雨果的心里话。

对付张雨果，龙隆隆自有一套经验，凡是他龙隆隆说的话，张雨果十有八九要反着来。比如，龙隆隆说谁谁谁是好人，张雨果一定千方百计找出那个人的缺点，来推翻龙隆隆的说法。可是龙隆隆要是说那个人是坏人的话，那么张雨果又开始千方百计寻找他的优点了。所以，龙隆隆一有什么话总得反着说。

"我才不害怕呢！"张雨果立即和自己刚产生的念头划清界限。

"我从来没那么想过。"怕龙隆隆不相信，张雨果又特别补充了一句。

"那你准是以为我不安好心喽！"龙隆隆继续激将。反正张雨果心里想的他都知道。

"除非你自己说自己不安好心，我可没说！"张雨果慌慌张张地否认。不过她很奇怪，像龙隆隆这样平时学习成绩一般，看起来还糊里糊涂的男生，怎么总能猜得准她的心里想什么呢？

龙隆隆不想再逗张雨果，他肚子饿了，正好趁着请张雨果吃烤肉串的机会，也借光解解馋。

龙隆隆带头，三拐两拐走进了小锦州烤肉串店。

"来一瓶矿泉水。"张雨果告诉服务员。她怕发胖，所以不敢喝那些甜腻的饮料。

"来两瓶芬达汽水。"龙隆隆可不在乎胖不胖，他只注重好不好喝和好不好吃。

"我要一串烤白菜和一串烤干豆腐。"张雨果点的食物都是素的。

"我要两串烤羊肉、两串烤牛肉，再要两串烤鸡肉。"龙隆隆可是肉食动物。

张雨果吃烤白菜和烤干豆腐的时候，是一小口一小口地吃，吃进嘴里还要细细地嚼一会儿才咽下去。

龙隆隆却是狼吞虎咽，举起一串肉，放到嘴边使劲儿一撸，半串肉就进了嘴里。

龙隆隆听见张雨果在心里笑话他，可是他一点儿也不生气。吃就是吃，小口吃和大口吃的结果都是一样的，就是把食物都给消灭掉。不过，龙隆隆还是决定要纠正一下张雨果的思想。

"张雨果，你肯定不敢吃肉，也不敢一下子把那么多肉块放进嘴里嚼。"龙隆隆灌了一大口芬达汽水，口齿不清地给张雨果下结论。他希望张雨果能跟他对着干，正好上他的当。

果然，张雨果露出不屑的神情说："谁说我不敢了？"张雨果一把抓起一串烤鸡肉，三下五除二吃下了肚。

龙隆隆在心里偷着乐。原来，禁不住激将的不止是他一个人，连张雨果这样人见人夸的好孩子不也禁不住吗？虽然，张雨果只是禁不住他龙隆隆一个人的激将。

"我敢吃烤鱿鱼爪子，你敢吃吗？"龙隆隆又出难题。他记得妈妈就不敢吃，妈妈只要一看见那支棱八翘的东西就起鸡皮疙瘩。

"当然敢。烤鱿鱼爪算什么？我还敢吃烤鸡皮呢！"张雨果表现得很勇敢。事实上，不管她平时勇不勇敢，只要在龙隆隆面前，她都必须勇敢。

张雨果硬着头皮吃下了烤鱿鱼爪，又硬着头皮吃下了烤鸡皮。

龙隆隆又提出了吃烤大蒜、烤鸭脖子、烤泥鳅鱼。

张雨果一一奉陪，只要龙隆隆敢吃的东西，她都要吃上几口。张雨果再也不提减肥的事情了，她还喝了一瓶花生牛奶。

结账的时候，龙隆隆傻眼了，他光顾着和张雨果比赛了，根本没注意消费了多少钱。现在，他和张雨果的钱加一块儿都不够结账了。

张雨果看着那成堆的烤肉串签子，眉头皱得紧紧的。

"我就知道你没安好心。"张雨果数落龙隆隆，她害怕服务员会把她扣在烤肉串店里。

"你先走吧。我给家里打个电话。"龙隆隆关键时刻还挺仗义。让妈妈给他送钱肯定免不了要挨一顿训，那场面是绝对不能让张雨果看见的。

张雨果抱着书包，飞一般冲出了烤肉串店，头也不回，一眨眼就消失在人群里。

龙隆隆很奇怪，张雨果走得快，跑得更快，可他从前怎么就没发现呢？

第 15 章

一个人一桌也挺没意思

吃完烤肉串的第二天,张雨果没来上学。

张雨果没来上学就意味着再也没有人像监视器一样,时时刻刻盯住龙隆隆不放。

龙隆隆独自一人度过了一个轻松、愉快的早自习。写试卷的时候,龙隆隆还故意把胳膊往张雨果的书桌上靠,要是平时,他可不敢这么做,张雨果早拿钢笔扎他了。

上数学课的时候,龙隆隆干脆搬到了张雨果的座位上。张雨果的桌布真干净,不像他龙隆隆的桌布,上面尽是墨水渍、钢笔道,脏得像一块抹布。张雨果的椅子坐上去也很舒服,尤其那上面还铺了一只装了海绵的垫子。

龙隆隆的屁股紧紧地挨着那只海绵垫子,就连回答杨老师提出的问题时,他也舍不得离开,恨不得把椅子一块儿抱起来。

这都是因为张雨果没来上学,如果她来了,打死她都不会让龙隆隆坐她的垫子。

所以,趁着张雨果不在,龙隆隆一定得享受个够才行。

可是,龙隆隆对那只垫子的兴趣只维持了半节课,半节课过后,龙隆隆就觉得索然无味,三下两下又挪回了自己的座位。杨老师让大家做数学题的时候,龙隆隆也没再进犯张雨果的"领土",老老实实地守着自己的书桌写字。

下了课,龙隆隆像箭一样冲出教室,跑到操场上玩去了。没有张雨果在背后吆喝的感觉就是好,龙隆隆一会儿跟林一轩打口袋,一会儿跟吴非踢毽子,一会儿又跑到几个女生那里跳皮筋。

上语文课的时候,龙隆隆满头大汗地赶回教室。杨老师正抽测古诗背诵,龙隆隆心里一紧,连忙去翻语文书,都怪昨天和张雨果比赛吃烤肉串,他一吃饱回家就困了,把背诵古诗的事情忘得一干二净。

龙隆隆手忙脚乱地找到杨老师要求背诵的那首古诗,刚背到第二句,就遇到一个不认识的生字,龙隆隆不得不停下来查字典。

龙隆隆的动作,杨老师站在讲台上看得清清楚楚。龙隆隆查完生字的字音,刚一抬头,恰好对上了杨老师的目光。

"下面,我们一起听听龙隆隆是怎么背的吧。"杨老师故意点龙隆隆。

龙隆隆一紧张,不要说刚刚背好的那句,就连古诗的题目都忘了。

"杨老师我抄写十遍。"龙隆隆主动认罚。

抄写古诗的时候,龙隆隆突然有些想念张雨果,要是张雨果在就好了,张雨果肯定能抢在杨老师之前检查他的古诗背诵情况。

张雨果每天早晨来上学的第一件事就是检查龙隆隆的作业,即使是杨老师留的读课文之类的不需要写的作业,张雨果也会十分尽责地让龙隆隆朗读一遍。

这一天是星期四,课间操过后,卫生老师带着几名值周生来五年一班检查个人卫生。

"把你的手伸出来放在桌子上。"一名女值周生命令龙隆隆。

龙隆隆磨磨蹭蹭不愿意伸手。

"快点儿!"女值周生不耐烦,她还得去检查别的班级呢,可不愿意把时间都浪费在龙隆隆一个人身上。

龙隆隆只好伸出手来,不过手指头却是钩着的。

女值周生强行撸直了龙隆隆的手指头。"你的手指甲不合格!"女值周生表情严肃地在本子上给龙隆隆所在的五年一班记了个良。

龙隆隆没戏唱了。他的手指甲不仅仅长,指甲缝里还挤满了灰黑色的泥,还有昨天吃烤肉串时不小心存进去的一粒孜然和一些辣椒粉。

"龙隆隆你怎么搞的?"杨老师不满意了,"这么大的人,连手指甲都弄不干净!"

"都怪张雨果。"龙隆隆看着杨老师,懊恼不已。

"这和张雨果有什么相干?"杨老师感到奇怪。

"就是得怪张雨果,如果她来了,一定会帮我剪手指甲,张雨果知道星期四卫生老师会到各班检查个人卫生,她肯定能抢在卫生老师来我们班之前就帮我把手指甲剪干净的。"龙隆隆振振有词,一口气说了不少话。

"那你不知道星期四固定要检查个人卫生吗?"杨老师反问龙隆隆,就连一年级的小孩子都知道这一天要把自己打理得干净、整齐,不给班级扣分。

全班哄堂大笑。

龙隆隆恨不得找个地缝钻进去。还怪人家张雨果呢,都怪他自己把这件事情给抛到脑后了。

"你就是什么事情都依赖张雨果,张雨果一次不来,你就傻眼了吧?"杨老师趁机教育龙隆隆,"你怎么能什么事情都让别人帮你想着呢? 什么事情都用别人来想，那你自己长脑袋是干什么用的？"

　　龙隆隆被教训得哑口无言，只得点头认错。可不知怎么，他的心里反而更加想念张雨果了。

一个人一桌也挺没意思

第16章

探望张雨果

张雨果没来上学,那她这一天都干什么去了? 龙隆隆为张雨果设计了无数个可能性。

放学以后,龙隆隆再也憋不住了,决定去张雨果家探望张雨果,就像每个学期末,杨老师要到各个同学家里家访一样。

可是龙隆隆又不想一个人去,他叫住了林一轩。

"行啊! 我还没去过张雨果家呢!"林一轩答应得挺痛快,"不过,张雨果是女生,去女生家里最好再带一个女生。"林一轩的想法就是比龙隆隆复杂、全面。

"那就带周心心吧。"龙隆隆去叫周心心了,在他看来,周心心是最好说话的女生,你让她干什么,她肯定乖乖地干什么。

果然,周心心没三两下就同意龙隆隆的计划,还用 IC 卡给家里打了电话,说要晚点回去。

龙隆隆收拾好了书包,三个人很快就上路了。

三年级的时候,龙隆隆去过张雨果家一次,住在一栋大厦的十二楼,上楼下楼还得坐电梯呢! 龙隆隆就是因为玩电梯的按钮,还被张雨果批评了一顿。

龙隆隆在前面带路,满脑子都在想张雨果在干什么,不由得脚步飞快。

走到一个十字路口,林一轩叫住了正打算过马路的龙隆隆。

"我们总不能空着手就到张雨果家里去吧!"林一轩像个小大人似的,很懂得人情世故,"我们怎么也得买一束鲜花,再写一张卡片送给张雨果呀!"

听林一轩这么一说,周心心好像也开了窍儿,忙不迭地点头赞同。

龙隆隆一听到鲜花、卡片,坚决不同意,上次就是林一轩的鲜花、卡片,让爸爸妈妈大吵一架。

"要送就得送吃的。"龙隆隆下达死命令,送吃的多实惠呀,还能填饱肚子。

周心心听龙隆隆这么一说,又觉得龙隆隆有道理,她甚至把自己的零花钱都给了龙隆隆。

"那我们就分开买,十分钟以后在这里集合。"林一轩不愿意和龙隆隆争论,他和周心心不一样,他比较坚持自己的想法。

"分开就分开。"龙隆隆拔起双腿向超市跑去,周心心气喘吁吁地跟在后面。

林一轩一个人向鲜花礼品店走去。

超市里的东西琳琅满目,龙隆隆左看右看,拿不定主意。

龙隆隆取出听诊器戴上,本来他很想买一种薯片,可是听诊器里传来薯片们在包装袋里有气无力的说话声:"我们就快要到保质期了,可是今天早上超市的经理却叫几个售货员把我们的出厂日期重贴了,保质期也往后挪了两个月。"

龙隆隆吓了一跳,将拿起的薯片又放回了原处。

周心心帮龙隆隆拿了一包软糖,龙隆隆把听诊头对准了软糖的包装纸。

"哎哟喂——哎哟——"软糖的尖叫声透过包装纸,异常刺耳,"求求你了,虫子,别再咬我们了!我的一条腿已经给你吃光了!"

龙隆隆恨不得把软糖扔在地上,一想到软糖里面还有虫子,他浑身就起鸡皮疙瘩。

龙隆隆戴着听诊器,顺着货架一路听下去,他要找到一种最好吃的食物送给张雨果。

龙隆隆抓起一盒泡芙。

"啊呀——真舒服啊!面包师傅把我们烤得外酥里嫩,火候刚刚好呢!"泡芙伸懒腰的声音都那么欢快。

龙隆隆决定要买这盒泡芙。

剩下的两块钱,周心心选了一只陶瓷小猪,粉红色的皮肤,头上还戴着一顶天蓝色的帽子。

龙隆隆和周心心赶回十字路口的时候,林一轩已经捧着一束康乃馨站在那里了。

"快点走吧!"龙隆隆急着拿那盒泡芙送给张雨果,泡芙放久了可就不好吃了。

龙隆隆走得比以前更快,要不是林一轩拉着他,他真的要飞起来了。不到五分钟,龙隆隆就喘着粗气带头钻进了张雨果住的那栋大厦的电梯里,还按下了"12"的按钮。

到了十二楼,龙隆隆又带头敲响了张雨果家的门。龙隆隆敲门的时候,心跳飞快,扑腾扑腾,好像就要跳出嗓子眼。

门开了,张雨果的妈妈把头探出来。

"阿姨,您好!我们是张雨果的同学,她今天没来上学,我们几个特意来看望她。"关键时刻还是林一轩能派上用场,站在一边的龙隆隆和周心心只能跟着傻点头。龙隆隆也奇怪,他的嘴巴怎么一到张雨果家就不灵活了呢?

"那请进吧!"张雨果的妈妈虽然迟疑了一会儿,可还是把他们三个让进了家门。

张雨果穿着睡衣站在客厅里,她的头发也不像平时那样编成辫子,而是随意地披散着,龙隆隆从来也没想到张雨果的头发竟有这么长,一直垂到腰际。

"龙隆隆你怎么也来了?"张雨果不喜欢龙隆隆一个劲儿地看她。

龙隆隆捧着那盒泡芙躲在林一轩的背后不肯说话。

"龙隆隆,我问你话呢!"张雨果喜欢跟龙隆隆较真儿的习惯又上来了。

龙隆隆连忙把手中的泡芙塞给张雨果说:"新出……出炉的……"

张雨果接过泡芙,顺手放在旁边的小茶几上。

"你吃……吃吧……"龙隆隆期待张雨果能评价一下泡芙的美味,那可是他精心挑选的。

"我才不吃呢!昨天就是因为吃了你的烤肉串,今天才肚子疼不能上学的。"张雨果气鼓鼓地瞪着龙隆隆。平时,她根本就不吃那么多东西,突然吃多了,肠胃当然受不了啦!

"这么漂亮的康乃馨,是送给我的吗?"张雨果把头扭向了林一轩,其实张雨果早就猜到了那束康乃馨是送给她的,要不是送给她,那林一轩把它带到她家来干什么?

张雨果从林一轩的手里把花抢了过来,好像存心气龙隆隆似的,她

还使劲儿闻了闻那些康乃馨的气味。

"张雨果,这只小猪送给你。"周心心把小猪捧到张雨果的面前,由于没掌握好距离,周心心的手差点挫到张雨果的眼睛。

"这只小猪好漂亮,好可爱呀!"张雨果竟然一点儿也不生周心心的气,表现喜欢的程度是那么夸张。

龙隆隆站在一边,脸上红一阵、白一阵。

"你不吃泡芙,那我吃还不行吗?"龙隆隆掀开了装泡芙的盒盖,一股浓郁的奶油香盖过了花香,充盈着整个客厅。

龙隆隆抓起一粒最大的泡芙塞进嘴里,为了向张雨果展示泡芙的味道不错,他还使劲儿地咂着嘴巴。

"给我来一粒。"林一轩忍不住了,他也想尝尝美味。

"不给!"龙隆隆摇头,谁让他把钱都买花儿了,花儿能吃吗?

不过,龙隆隆倒是很大方地给了周心心一粒泡芙,因为买这盒泡芙的钱有一部分是周心心赞助的。

"真的很好吃呀!"周心心的口水流出来了,她不得不伸出手来接着,以防口水滑落到地板上。

"你们就知道吃。"张雨果的肚子气得鼓鼓的,眼睛也气得鼓鼓的,瞪着龙隆隆和周心心。

龙隆隆见张雨果肯跟他说话,连忙将泡芙递给张雨果。可是,张雨果又不理龙隆隆了,一屁股坐在了沙发上。

客厅里突然变得很安静。林一轩和周心心挨着张雨果也坐在了沙发上,龙隆隆在他们的对面站着。

刚才太吵闹,龙隆隆反倒忘了他的脖子上还挂着听诊器,这一安静下来,龙隆隆又很想听听大家心里想什么了。

听诊头首先对准了张雨果。

"该死的龙隆隆！吃泡芙吃得那么快，一盒泡芙都要被他吃光了。"张雨果的心里是那么舍不得那几粒泡芙。

"真是讨厌！我宁可不减肥，也要吃泡芙。泡芙比减肥餐美味一千倍、一万倍。"张雨果的心里流着口水。

龙隆隆笑了，表面上，张雨果喜欢林一轩送的康乃馨和周心心送的小猪，可是在张雨果的心里，他选的礼物才是最好的。

"龙隆隆你笑什么？"张雨果又开始向龙隆隆开炮了。

龙隆隆反而笑得更加灿烂。

"龙隆隆你不许笑！"张雨果教训起龙隆隆来底气十足，一点儿也不像个病人。

"雨果，时间差不多了，你别忘了还要练习钢琴噢。"张雨果的妈妈从厨房探出头来催促张雨果练琴。

龙隆隆把听诊头对准了张雨果的妈妈。

"这帮小孩子赖在这里不走，难道还想留下来吃晚饭不成？"张雨果的妈妈可不愿意给这么多人做饭。

"哎呀！他们会影响我家雨果练钢琴、做口算题、写作文、背英语单词的。"

龙隆隆没想到张雨果的时间表会安排得这么满，而且生病了都不能耽误。

"这三个孩子什么时候走啊？"张雨果的妈妈心里挣扎着，好几次她都想下逐客令。

"阿姨，我看张雨果的病差不多全好了，那我们就回去了。"龙隆隆不忍心为难张雨果的妈妈，主动提出要回家。

"哎呀,这么快就回去了?"张雨果的妈妈简直心花怒放。

"本来我还想做几个拿手好菜给你们尝尝呢!"张雨果的妈妈还说起了客套话。可是这些客套话听在龙隆隆的耳朵里却是那么不和谐。

"有空再来玩儿!"张雨果的妈妈一直把龙隆隆他们送到电梯门口。然而龙隆隆听到的却是:"以后没事儿别总来了,我们家雨果要学习,哪里有空招待你们啊!"

龙隆隆带头钻进了电梯,不知道为什么,他的心里忽然郁闷起来。

第 17 章

星期六也得加班

　　龙隆隆喜欢星期六,星期六和星期日一样,都不用上学,而且杨老师留的作业也不算多,只要半天时间就可以写完了。

　　龙隆隆的妈妈却不喜欢这两天。有两个原因,第一个是因为这两天她不能休息,第二个是因为龙隆隆的爸爸总不在家,没有人能帮她一起监督龙隆隆。

　　如果龙隆隆一直处在没人监管的状态,没准儿就会弄出什么乱子来,比如有一次龙隆隆为了弄清为什么烤红薯能吃,烤西瓜就不能吃,就点燃了煤气准备烤西瓜吃,结果险些酿成了火灾。再比如有一次龙隆隆为了弄清衣服冻硬后会不会像冰山一样脆,就把衣服泡在糖水里,然后又拎出来塞进冰箱,结果忘了关水龙头,险些酿成了水灾。

　　这样的例子有很多。所以你想,龙隆隆的妈妈怎么会放心把他一个人留在家里呢?就算龙隆隆的妈妈肯把他一个人放在家里,龙隆隆家的邻居们恐怕也不会同意。万一他又点火,把别人家也烧了怎么办?万一他又拧开水龙头,把楼下的房子给淹了怎么办?

　　龙隆隆的妈妈不得不想办法找个地方,把龙隆隆托管在那里,就像每个火车站都有寄存处寄放行李一样。

经过几天的深思熟虑,外加打长途电话跟龙隆隆的爸爸商量,龙隆隆的妈妈决定周末这两天都把龙隆隆送到文化馆参加各种少儿兴趣班。星期六上午学弹钢琴,下午学美术和书法,星期日上午学作文,中午一边吃饭一边学习朗诵,下午学奥数。

只要有人能看管龙隆隆,只要龙隆隆周末有地方去,龙隆隆的妈妈就算花再多的钱也不在乎了。

星期六早晨,龙隆隆的妈妈特意给龙隆隆换了一身小西服,还用发胶把他的头发弄得油光滑亮、一丝不苟。

紧接着,龙隆隆就被妈妈塞进了钢琴培训班。

教钢琴的是位长头发的男老师,穿白衬衫和黑色的背带裤。龙隆隆觉得他有点像电视里《动物世界》的企鹅。

企鹅老师给龙隆隆分配了一个靠窗户的座位。龙隆隆蹑手蹑脚地走过去,发现张雨果也在这里,他们两个人的座位距离还挺近。

龙隆隆连忙冲张雨果挥了挥手,可张雨果像没看见似的,把头扭到了另一边。

龙隆隆悻悻地坐在琴凳上。

"现在我们集体弹奏一遍《欢乐颂》!"企鹅老师一抬手,教室里立刻响起了叮叮咚咚的钢琴声。

龙隆隆看了一眼张雨果,她的指法娴熟,身体也随着节奏有规律地晃动。

龙隆隆也想像张雨果那样,他把十根手指头都抚在琴键上用力按下去,教室里原本优美的琴声中即刻出现刺耳的不和谐。

"这是谁干的? 站出来!"企鹅老师冲到讲台上,站得高高的。

琴声停止,龙隆隆红着脸站了起来。

"你下次注意点。"念在龙隆隆是新学员，企鹅老师让他坐下了。

"我们重新来一遍。"企鹅老师的手又抬起来。

"报告！"龙隆隆的喊声阻止了琴声，"请问'dou'在哪儿？"

龙隆隆不问还好，这一问却引起了全班哄堂大笑，连张雨果都忍不住笑弯了腰。

"我们这是高级班，你连'dou'都找不着，应该去初级班。"企鹅老师耐着性子把话说完，"初级班的教室就在隔壁。"

企鹅老师把龙隆隆交到初级班老师的手里，初级班的老师是个女老师，长得很漂亮，脖子上还戴着一条亮闪闪的项链呢！

"欢迎你到我们初级班来学习。"漂亮女老师连说话的声音都那么动听。

龙隆隆使劲儿地点了点头，本来他是一点儿也不喜欢弹钢琴的，可是听漂亮女老师一说欢迎他，他又变得想学了。

龙隆隆迫不及待地推开初级班教室的拉门，门内的场景却让他呆立在走廊里足足几分钟，初级班的学员竟然是还没到入学年龄的小朋友，有的嘴里还咬着奶嘴呢！

第 18 章

西瓜喜欢蓝颜色

趁着中午吃饭的工夫,龙隆隆跑回了家,去取装在书包里的听诊器,顺便把他身上的小西服换成了衬衫和牛仔裤。

膜片上的那张脸挂上了久别重逢的微笑。

下午在美术班上课的时候,龙隆隆一直把听诊器挂在身上。好像生活里要是没有这只听诊器的话,就会丧失全部的乐趣。

美术班的情形要比钢琴班好得多,至少学员的年纪差不多,都是四年级和五年级的学生。龙隆隆夹在他们中间倒不显得突兀。

"现在,我们学习画西瓜。"教美术的老师是个老太太,说话很快,画画儿却慢得可以。不过她解释说,这叫慢工出细活。

龙隆隆学着其他人的样子,在画板上夹好了白纸。趁着这位慢功夫老师不注意,他把听诊器的耳塞塞进了耳朵里。

"现在,我们按照顺时针的方向,画一个大椭圆。"慢功夫老师像打太极拳似的,蹲着马步,扭着上半身在黑板上画了一个椭圆。

龙隆隆抓起铅笔,照猫画虎,也想在白纸上来一个椭圆。

"哎哟,我说难受死了!"当铅笔和白纸接触的那一刹那,一个陌生的声音叫起来,"谁让你顺时针画我来着,逆时针画不行吗?"那个声音

发出抗议。

龙隆隆吓了一跳，连忙收回铅笔，在白纸上换了一个地方，逆时针画了起来，居然画得又大又圆。

"这还不错！"陌生的声音笑了，"你听我的话，我才愿意跟你合作嘛！"

龙隆隆敲敲画板，他能够判断出来，那声音就隐藏在画板里。

"现在，我们在大椭圆里画几道锯齿形状的花纹。"慢功夫老师下达第二条命令。

龙隆隆顾不得再去寻找那个声音，抓起铅笔重新开画。可就在铅笔点上白纸的时候，它居然擅自行动了起来，不是龙隆隆握着它，而是它牵着龙隆隆的手，从左至右，画出了十八道长长短短的锯齿。

"我说你跟我合作没错吧！"陌生的声音这回变得得意非凡，甚至吹了一声口哨。

"你能告诉我你是谁吗？"龙隆隆试探着问，这还是他第一次跟听诊器里传来的声音对话。

"我是你画的西瓜呀。"那声音对这个问题不屑一顾，"要不是你非得画我，我这个时候应该睡午觉才对。"

"不是我非得画你，是慢功夫老师……"龙隆隆试着向它解释。

"现在我们该来画西瓜的尾巴了。"慢功夫老师发现龙隆隆讲话，毫不留情地瞪了他一眼。

龙隆隆只得闭嘴，学着慢功夫老师的样子，给西瓜安上尾巴。

"住手！"西瓜不干了，"什么叫西瓜尾巴？那叫瓜蒂！瓜蒂怎么能画成猪尾巴的形状？"

白纸上的西瓜一使劲儿，干脆甩开了龙隆隆的手，自己操纵着铅笔

画了起来,末了,还在瓜蒂上添了一片瓜叶子。

龙隆隆看得目瞪口呆。

"下面该涂颜色了。"西瓜反客为主,代替慢功夫老师,给龙隆隆布置任务。

龙隆隆在水彩盒里挑出了一支绿色的颜料。

"不对,不是绿色的。"西瓜在白纸上扭动起来。

"西瓜皮不是绿色的吗?"龙隆隆感觉奇怪。

"一般来说西瓜皮是绿色的没错,可是这并不等于西瓜就喜欢自己的皮是绿色的。"纸上的西瓜好像在说绕口令似的,"就拿你们人来说吧,有的人皮肤白,却偏偏愿意把自己晒成小麦的颜色,有的人皮肤黑,却抹增白霜做美容想方设法让自己白起来。说得简单一点,这都属于个人审美喜好的问题。"西瓜给自己和人类的共同点下了结论。

"那你想怎么样?"龙隆隆不敢小看这个西瓜了。

"给我涂上蓝颜色。"西瓜命令道。

龙隆隆只得照办。事实上,只要他的笔一接触到纸上的西瓜,就不是他能控制得了啦。

龙隆隆用水调开了蓝色颜料,水彩笔在白纸上挥洒自如,遇到锯齿花纹时,还故意画得重一些。

慢功夫老师刚说到"大家要把西瓜皮画得碧绿碧绿的才好看"时,龙隆隆早已经画完了一个天蓝色的西瓜。

龙隆隆把天蓝色西瓜举到慢功夫老师眼前,慢功夫老师忍无可忍地尖叫起来。

"你难道没听见我说给西瓜涂上绿颜色吗?"慢功夫老师不可思议地瞪着龙隆隆,"莫非你是色盲不知道哪个是绿颜色? 莫非你见到过蓝颜色的西瓜？"

"是西瓜自己说喜欢蓝颜色的。"龙隆隆觉得应该让慢功夫老师了解一下西瓜，"还有，西瓜并不喜欢你用顺时针把它画出来，它比较乐意用逆时针来画。"

"你说什么？你还听得懂西瓜说的话？"慢功夫老师怀疑龙隆隆说话的真实性。

"你们相信西瓜会说话吗？"慢功夫老师皱着眉头问教室里的其他同学。

"这怎么可能嘛！"慢功夫老师不等别人回答，自己就先把答案给否定了。

"西瓜当然会说话，而且西瓜也有愿望啊！"龙隆隆觉得自己非常无辜，"还有瓜蒂也不叫西瓜尾巴，画它的时候尤其不能画得像猪尾巴。"

"我怎么画西瓜难道还用你来教吗？"慢功夫老师这回真生气了，她给龙隆隆的妈妈打了一个电话，让龙隆隆妈妈赶紧把他接走。

第 19 章
听诊器也会带来烦恼

龙隆隆怎么也没想到,那只能听见心里话的听诊器,也会给他带来烦恼。

星期一中午,龙隆隆和林一轩都没有回家吃午饭,一起去了学校旁边的小锦州烤串店。

"AA制消费,公平合理。"昨天,龙隆隆在报纸上看到这么一个标题,没想到这么快就派上了用场。

林一轩完全赞同龙隆隆的提议,他可不敢随便请龙隆隆吃东西,龙隆隆一遇见好吃的、爱吃的食物,就像饿死鬼投胎似的,吃得又快又多。

"那先把账算清楚。"龙隆隆从兜里掏出仅有的十块钱在林一轩眼前晃了晃。

林一轩不甘示弱,也掏出十块钱。因为AA制的建议是龙隆隆先提出来的,所以林一轩把十块钱交给了龙隆隆管理。

龙隆隆揣着二十块钱,兴高采烈地冲进小锦州烤串店,屁股还没坐稳,就一口气要了十串烤羊肉,十串烤牛肉,十串烤鸡肉,再加上六串烤鱿鱼。这些都是龙隆隆爱吃的。

等林一轩走进来的时候,龙隆隆连芬达汽水都叫上了。

"你怎么不点罗非鱼呢?"林一轩问龙隆隆。他一点也不喜欢龙隆隆要的那些肉类,他只喜欢吃烤罗非鱼。

"钱不够了。"龙隆隆嚼着烤鱿鱼,口齿不清地应付着。当然,他也没忘了挑一串烤得最到火候的牛肉递给林一轩。

林一轩不吃牛肉,只好拿在手里举着,在心里却不停地自责不该把钱交给龙隆隆管。这一顿饭,本来说好两个人 AA 制,可是龙隆隆要的那些烤串他一口没吃,龙隆隆见他不吃,觉得扔了怪可惜的,拍拍肚子,就把他的那份也消灭了。这么一来,林一轩的那份钱全都让龙隆隆花掉了。

回学校的路上,林一轩撅着嘴,龙隆隆跟他说话他就像没听见似的,只顾着往前走。

龙隆隆只好戴上听诊器,听听林一轩在想什么。这一听,反倒把龙隆隆吓了一跳。

"死龙隆隆,你肯定是故意骗我的钱花,什么 AA 制,到头来还不都被你吃光了?"林一轩的心里愤怒极了。

"对,就是故意的,害我饿肚子。"龙隆隆把听诊器对准林一轩的肚子,肚子果然在叽里咕噜地尖叫。

龙隆隆不敢再听下去了,午饭过后的整个下午,龙隆隆都无法安下心来。从林一轩心里传来的指责一直在他的耳边回响。

第 20 章
连周心心都不喜欢龙隆隆

如果这天下午，仅仅只有林一轩一个人指责龙隆隆，他也许还能表面上强装镇定，可是万万没想到班里一向不受欢迎的笨女孩周心心也在心里嘀嘀咕咕，说起龙隆隆的坏话来了。

"龙隆隆总是用他的脏手拍我的头，我本来就笨，他还拍我，我只会更笨的！"周心心的心里传来这句话的时候，龙隆隆正在帮杨老师发数学作业本。也不知道为什么，龙隆隆把发作业本当做是至高无上的任务，他决不允许别人在他发作业本的时候，对他不理不睬。当龙隆隆叫到周心心的名字时，周心心正趴在桌子上发呆，一连叫她三遍都听不见。龙隆隆生气了，想也不想就拍了周心心的脑袋。

现在听了周心心的心里话，龙隆隆的气就更大了。

"周心心，你自己笨，可不要赖我！"龙隆隆把周心心的作业本狠狠地扔在书桌上，把周心心吓了一大跳。

"龙隆隆怎么一点礼貌都没有，我可不要跟他玩儿了。"周心心嘴上不敢说，心里倒是没闲着。

"周心心，谁愿意跟你玩儿啊？"龙隆隆不服气。

周心心错愕地看着龙隆隆，不明白为什么龙隆隆连她心里想什么都

知道。

周心心决定什么都不想,可是她越这样命令自己,越是控制不了,甚至比不想之前想得还多。

"龙隆隆连自己都管不好,凭什么管别人啊?"

"龙隆隆整天戴着个听诊器装医生,还以为自己很了不起!"

"龙隆隆一遇到吃的东西就像个拼命三郎,恨不得把盘子、碗都吞进去,太可怕了!"

"龙隆隆就是讨厌,就是烦人!"

……

周心心在课堂上发言不怎么在行,常常是答非所问,可一旦抱怨起别人来,那可真不是吹牛,保证滔滔不绝,源源不断。

龙隆隆像是被霜打过的茄子一般,耷拉着脑袋。他甚至不再觉得周心心是个笨女孩,她那么会判断一个人的好坏,怎么可能是笨女孩呢?

第21章

和听诊器断交？

"如果没有这只听诊器,还会听到那些讨厌我的坏话吗?"放学回家的路上,龙隆隆给自己出了一道假设题。

"当然不会听到了!"龙隆隆三下两下得出了结论。

"如果听不到那些讨厌我的坏话,我还会郁闷吗?"龙隆隆给自己出了第二道假设题。

"当然不会郁闷了!"龙隆隆三下两下又得出了结论。没听见就是不知道,不知道别人在心里骂他,那他还生什么气啊!

龙隆隆茅塞顿开,原来问题都出在听诊器身上。

龙隆隆摘下挂在脖子上的听诊器,膜片上的那张脸正笑嘻嘻地看着他。

"还好意思笑呢!"龙隆隆一看到那张脸这么没心没肺,火气更大了。他决定给这只听诊器一个教训。

可是怎么教训听诊器才好呢? 龙隆隆坐在马路边上开始想办法。

龙隆隆想到的第一个办法是罚站。有一次,龙隆隆放学回家把钥匙落在书桌里了,只好站在家门口等妈妈回来,站了不到一个小时,腿就麻了。从那以后,龙隆隆觉得挨什么样的惩罚都不要被罚站,长时间站着

不动是最难受的事情了。

龙隆隆决定让听诊器也难受一回,谁让听诊器惹他生气呢?龙隆隆把听诊器的两个耳塞放在地上,又用手拉起听诊头。

"稍息!立正!"龙隆隆学着体育老师喊起了口令。可是他一松手,听诊头"当啷"一声掉在地上。

听诊器不会站,罚站是罚不成了。

龙隆隆又想到了罚写作业。平时,在学校里,杨老师就爱用这一招来对付那些偷懒不写作业的同学。举个例子吧,上个星期杨老师留了五十道口算题,龙隆隆一道没写,结果五十道翻番,变成了一百道。

龙隆隆从文具盒里取出一支圆珠笔,缠在听诊器右边的传声道上说:"你只要把'我错了'写上十遍就行。"和杨老师的一百道题比起来,龙隆隆觉得自己很仁慈。

"快写呀!"为了鼓励听诊器动笔,龙隆隆还在方格本上给听诊器抄了字头。

听诊器软趴趴地躺在本子上,它根本不会写字。

龙隆隆没有办法了,抓住听诊头,把听诊器提起来。膜片上的那张脸正用挑衅的目光瞪着他,原本微弱的蓝光登时变得更强烈了。

龙隆隆提着听诊器站起来,一头钻进旁边的电话亭。他忽然觉得应该给谁打个电话,让他(她)来帮忙出个主意。

龙隆隆从书包外侧的小兜里掏出电话本。

电话本的第一页就写了张雨果家的电话,可龙隆隆只拨了两个号码,就匆匆挂断了电话。

"张雨果准会笑我白痴。"龙隆隆暗自嘀咕,似乎自己被张雨果批评惯了,只要她一张嘴自己就要挨骂。

龙隆隆继续往后翻，电话本在他的手里哗啦啦地响着。龙隆隆的目光最终锁定在吴非的电话号码上。吴非是五年一班唯一敢当面跟张雨果叫板的男生。

"你知道怎样去惩罚一只不听话的听诊器吗？"龙隆隆迫不及待地向吴非索要答案。

"你想干吗？"吴非被龙隆隆问得一头雾水，他从没听说过还有人要惩罚听诊器的。

"我想惩罚听诊器，你知道我有一只听诊器。"龙隆隆耐着性子解释起来。

"干吗惩罚它呢？你不想要可以把它丢掉嘛！"吴非在电话那端忍不住要对这个傻问题翻白眼。放眼整个五年一班，也就只有龙隆隆才会跟一只听诊器较劲。

"对！把它丢掉！"龙隆隆茅塞顿开，连电话都来不及挂上，立即冲出电话亭。

天差不多全黑了，路灯亮起来了。龙隆隆抓着听诊器在路灯下飞跑着。

"放心吧！看在我们曾经是好朋友的份上，我会找个最好的地方把你丢掉。"龙隆隆跑得上气不接下气，却没忘记跟听诊器告别。

直到跑得饥肠辘辘，龙隆隆才找到和听诊器分手的最佳地点，是一个拆掉围墙的街角公园的草坪。把听诊器丢在那里，可以让它看看繁华的大街，而且街边林立着烧烤店、冰淇淋店、蛋糕店……就算吃不到，闻闻也是好的啊！

龙隆隆使劲儿吸吸鼻子对听诊器说："再见了！我的听诊器！"

第22章
没有听诊器的日子也不好过

如果龙隆隆认为丢掉听诊器就可以高枕无忧,那他肯定是大错特错了。

今天,是龙隆隆和听诊器分开的第二天。一大早,龙隆隆走进学校,林一轩也来了,他像往常一样冲着龙隆隆眨起了眼睛,似乎完全忘了前天龙隆隆以AA制的名义吃烤肉串占便宜的事情。

龙隆隆见林一轩冲自己眨眼睛,便松了一口气,也冲着林一轩做起了鬼脸,可是舌头刚伸出来,他又觉得别扭了。

"林一轩那么生气,今天却来主动和好,不会有什么阴谋吧?"龙隆隆在心里打起了算盘。

"要是有听诊器就好了,保准能测出他心里想什么!"龙隆隆故意走在林一轩后面,观察林一轩的一举一动,可直到走进教室,他仍然一无所获。

龙隆隆刚在椅子上坐稳,足足一天半没跟龙隆隆说话的周心心忽然扔给他一个漂亮的包装袋。

龙隆隆拆开一看,不禁眉开眼笑,袋子里装满了香甜的果脯,尤其是放在最上面的两块水晶梨脯,晶莹剔透,散发着诱人的香气。

龙隆隆不管三七二十一，抓起一块就往嘴里塞去。水晶梨脯立刻在龙隆隆的嘴里化作一团果泥。

水晶梨脯比水晶梨还要好吃！龙隆隆正打算把它咽进肚子里，不经意间看见周心心的脸上荡漾起一抹笑容，完全不像前天在心里批评他时那般横眉冷对。

"周心心不会也有什么阴谋吧？"龙隆隆不放心地盯着周心心看，越看越觉得不安，最后不得不强行抠出早已咽进去的水晶梨脯，好像那上面真的有毒药一样。

周心心的笑容没了，眉头一皱一皱地，嘴巴也扁了又扁。

一看到周心心露出这样的表情，龙隆隆反倒不好意思了。

"要是能知道周心心的心里想什么就好了。"龙隆隆不由自主又想起那只神奇的听诊器来。

早自习过后是数学课，杨老师给大家出了五十道口算题。口算是龙隆隆的弱项，尤其遇到加减乘除混合运算的时候，龙隆隆常常算得一个头两个大，要是再加上小括号、中括号，改变运算顺序，龙隆隆就只能干瞪眼了。

可是，口算却是张雨果的强项，龙隆隆刚算完第一题，张雨果的笔尖早就落到第十题上去了。龙隆隆看着张雨果飞一样的速度，急得直跺脚。

"龙隆隆，你不做题想干什么？"杨老师走到龙隆隆的座位前，瞪了他一眼。

龙隆隆看见杨老师站在他旁边，心里更紧张了，这一紧张，反倒一个数也算不出来了。收试卷的时候，龙隆隆的试卷上只写了那一道题。

"要是有听诊器在，肯定能听见张雨果心里的解题思路。"龙隆隆后悔丢掉了听诊器。

089

“中午不吃饭也要去把听诊器找回来！”龙隆隆咬紧牙关，在心里发誓。

可是没等到中午，杨老师一个电话就把龙隆隆的妈妈叫到了学校。

“快来看看你儿子的口算试卷吧！”杨老师忍不住在电话里发火了。平时她都是等家长来了才开始发火的，可是这次，龙隆隆的成绩实在太糟糕了，比周心心还糟，五十道题一百分，龙隆隆才做出一道题，只得了两分。

龙隆隆的妈妈一听这话，果然来得飞快，而且后面还跟着龙隆隆的爸爸。龙隆隆的爸爸今天才带着旅游团回国，是从飞机场赶来的，肩上背着旅行包，手里还拖着一只大旅行箱。他和龙隆隆妈妈两个人就像搬家似的，拎着超重的行李跌跌撞撞地跑进杨老师的办公室。

本来杨老师要把龙隆隆留在办公室的，可杨老师要跟爸爸妈妈谈话，她命令龙隆隆先回教室，还让他把办公室的门关上。

龙隆隆很想知道杨老师说他什么，于是站在门口偷听。办公室的门是又厚实又隔音的防盗门，龙隆隆费了半天劲一点儿声音也没听到。

“要是听诊器还在，就算隔着十层门也能听到里面说什么！”一想到听诊器，龙隆隆恨不得马上把它搂在怀里。

中午放学铃声一响，龙隆隆马上被爸爸妈妈带回家。一路上，爸爸妈妈都阴沉着脸，谁也不说话。

凭直觉，龙隆隆感到这次凶多吉少。果然，一进家门爸爸扔下行李就冲龙隆隆的肩膀挥了一拳，龙隆隆还来不及喊疼大腿又被妈妈掐了一下。

龙隆隆长这么大虽然挨过不少打，可那都是爸爸妈妈单独行动，要说他们两个联合动手这算第一次。

不过幸好，爸爸妈妈的"男女混合双打"没打几下就停手了。

"以后我们天天给你出试题练习口算！"爸爸和妈妈不约而同冲龙隆隆喊道。杨老师说至少每天都要保证龙隆隆练习一百道口算题才能提高速度，龙隆隆的爸爸妈妈决定让他每天练习两百道。

龙隆隆感到奇怪了，一向水火不容的爸爸和妈妈怎么在这件事情上这么合拍呢？爸爸不是总爱跟妈妈反着来吗？当然，妈妈也是跟爸爸反着来的。

爸爸心里在想什么？妈妈心里在想什么？要是听诊器还在身边，那该多好啊！一定测得出他们的心里话。

"可是听诊器，你在哪儿呀？"龙隆隆吸吸鼻子，再也关不住泪水的阀门，放声大哭。

第 23 章

障眼法甩掉张雨果

龙隆隆决定不惜一切代价也要找回他的听诊器。

这天下午,龙隆隆努力让自己当一个好学生——上课积极发言,做作业的时候既保证质量又保证速度,大课间也没出去玩,而是把教室打扫了一遍。

杨老师看到龙隆隆的表现,以为上午找龙隆隆的爸爸妈妈谈话谈出了效果,笑得合不拢嘴。杨老师甚至打算让龙隆隆在第二天的早自习讲一讲自己转变的心路历程。

龙隆隆为什么要这么表现呢? 这里面的缘由只有他最清楚:因为杨老师从来不留好学生,好学生一放学就可以回家,只有那些学习吃力,或者不遵守纪律的学生才会被留下来。

要是以前,龙隆隆根本就不在乎杨老师留他到几点钟,反正他回家也没事可做,还不如赖在学校里和大家凑个热闹。可是现在不行了,放学后龙隆隆要去找他的听诊器呢! 那可是一分一秒都不能浪费呀!

经过一下午良好的表现,杨老师自然不会在放学的时候再把龙隆隆留下来,不过杨老师看到龙隆隆一下子变得这么好,实在是太兴奋了,这一兴奋就指派张雨果代表她到龙隆隆家走一趟,当着龙隆隆爸爸妈妈的

面表扬龙隆隆一番。

　　如果是平时，就算龙隆隆极力邀请张雨果也不会上龙隆隆家去的，但是今天她是杨老师的"钦差大臣"，放学铃声刚一响起来，张雨果就迫不及待地催促龙隆隆上路。

　　龙隆隆正在想办法如何摆脱张雨果去寻找听诊器，他担心张雨果知道这事准会向杨老师汇报。

　　"你到底走不走啊？"张雨果使劲儿拍了拍龙隆隆的书包，后来她嫌龙隆隆动作太慢，干脆替龙隆隆收拾好了书包，还强行把书包挂在龙隆隆的手臂上。

　　龙隆隆还没想出摆脱张雨果的办法，只好跟着她往外走。

　　一路上，张雨果雄赳赳气昂昂地走在前面，龙隆隆耷拉着脑袋在后面磨蹭着。

　　走出学校大门，左拐不远处有一个公共厕所。龙隆隆见张雨果专心赶路，眼珠一转，忽然捂着肚子蹲下来喊："张雨果我要上厕所，你先走吧！"龙隆隆故意装得很着急。

　　"你在学校为什么不上？"张雨果停下脚步，叉着腰瞪着龙隆隆。不过她还是很大方地跑到厕所门口的收费处帮龙隆隆交了五角钱零钱。

　　在张雨果的监视下，龙隆隆不得不硬着头皮走进男厕所。

　　龙隆隆根本不想上厕所，为了不引起张雨果的怀疑，只好在厕所里站了一会儿。

　　从厕所出来的时候，张雨果正堵在门口看手表计算时间。

　　"龙隆隆你可真能上厕所，你知不知道你用了几分钟？"张雨果把手表伸到龙隆隆面前。

　　"我上厕所从来不计时。"龙隆隆一肚子委屈，早知道放学后还要受

张雨果监视,那还不如挨留呢!

龙隆隆闷闷不乐地跟在张雨果身后走着。

"龙隆隆你们家往哪边走?"张雨果在十字路口停了下来。

"你愿意往哪边走就往哪边走呗!"龙隆隆故意唱反调,"平时不都是你说了算吗?"

"可是现在去的是你家!"张雨果气鼓鼓地看着龙隆隆,还从书包里掏出一个小记录本,把龙隆隆的不良表现记在了上面。

"我真是想不明白为什么杨老师要我上你们家去表扬你。"张雨果在心里悄悄决定等一会儿到了龙隆隆家,在表扬龙隆隆之前一定得先告上他一状。

被张雨果这么一说,这回换成龙隆隆在前面走,张雨果在后面跟着了。不过,张雨果可不知道龙隆隆走的是相反的方向,而且龙隆隆居然想到一个可以甩掉她的办法。

按照龙隆隆所走的路线,不超过五十米就是百盛购物中心。这时正是放学和下班的高峰期,前来购物的人比白天多了好几倍,人行道上更是人潮汹涌,龙隆隆混在人群中一会儿走得快,一会儿走得慢,趁着张雨果不留神开始小跑起来。等张雨果反应过来的时候,龙隆隆已经跑出了二十多米。

"龙隆隆你慢点儿,等等我!"张雨果想叫住龙隆隆,可是她的喊声刚一出来就淹没在车水马龙里。

张雨果眼巴巴地看着龙隆隆跑上台阶,溜进百盛购物中心的大门。等张雨果冲到大门的时候,龙隆隆跑得连个人影都不见了。

"混蛋龙隆隆!"张雨果气得眼睛都红了。不过,为了完成杨老师交代的任务,也为了到龙隆隆家好好地告他一状,张雨果还是十分尽责地

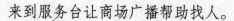

来到服务台让商场广播帮助找人。

　　半分钟后,广播找人的声音响彻商场的各个楼层:"顾客龙隆隆同学,你的同桌张雨果正在总服务台等候,请你尽快前来与她会合。"在张雨果的要求下,播音员一连播了五遍。

　　张雨果哪里知道,这扇大门不过是龙隆隆施的障眼法,早在她进来之前龙隆隆就已经从另外一扇大门逃跑了。

障眼法甩掉张雨果

第24章
再也不要跟听诊器分开了

能够成功甩掉杨老师的特派员张雨果,在龙隆隆看来,实在是一件值得开香槟庆祝的大事。和张雨果同学五年,其中还同桌了两年半,每次较量,都是龙隆隆屈居下风。这回龙隆隆好不容易赢了一次,怎么可以不庆祝一番呢?

不过,庆功宴暂时还开不了,龙隆隆还有更重要的任务在身,去那个拆掉围墙的街角公园找回他的听诊器。

为了加快速度,龙隆隆紧跟在一辆公共汽车后面奔跑起来。在公共汽车的"领跑"下,二十分钟后,龙隆隆气喘吁吁地跑到了街角公园。

龙隆隆还记得他把听诊器放在一块可以看到烧烤店、冰激凌店、蛋糕店的草坪上,龙隆隆顺着街角公园外围的彩砖道一路找了过去,烧烤店看见了,冰激凌店看见了,蛋糕店也看见了,可是听诊器却始终没有看见。

"听诊器,你在哪儿呀?"龙隆隆急得直跺脚,他可是利用放学回家的时间偷偷跑出来的,正是因为"偷"跑,所以时间不多,更不能久留。

龙隆隆趴在草坪上,匍匐前进,他恨不得把草坪翻过来,看看草底下有没有什么线索。

龙隆隆的手接触到一只被摔破的玻璃啤酒瓶，锋利的玻璃碎片划破了他的手掌，一股温热的液体涌出，是血，可不知为什么，龙隆隆竟然感觉不到疼痛。

就在这时，一束微蓝的光线射来，笼罩住那只流血的手。是听诊器！它就躺在前面的小灌木丛下面。

龙隆隆忘记了手掌上的伤，撑起身体，跑向小灌木丛。

听诊头膜片上的那张脸还在，眉头紧紧地皱着，小嘴也嘟起来，看起来是那么忧伤。

龙隆隆把听诊器紧紧地搂在怀里，愧疚地说："听诊器，我们再也不要分开了。"

听诊器挣扎起来，听诊头带动左右传声道对准龙隆隆的脑门发起进攻。

"我知道你生气了，听诊器，你要是愿意打我你就打我吧！"龙隆隆态度还挺诚恳。

有了龙隆隆这句话，听诊器反倒安静下来。

龙隆隆戴上听诊器，好几天都没听到别人的心里话，龙隆隆的心情又紧张又兴奋，迫不及待想找个人监听一番。

"你再乱蹦乱跳不把我包扎好，我保证半个小时内让你失血休克。"一个充满威胁意味的声音抢先钻进龙隆隆的耳朵。

龙隆隆这才想起受伤的手掌。手掌上的伤口不仅没有结痂，血反而越流越多，手指头都被染红了。

龙隆隆急忙把听诊头对准了伤口说："我不想流血，快把血止住吧！"可是伤口太大，血没法止住。

龙隆隆感觉到手指尖开始发凉。

"快点打急救电话吧！"那个粗声音不再威胁龙隆隆,改用哀求的语调说,"再这么流可就麻烦了！"

龙隆隆眼前一阵眩晕,他想向路边跑可是脚步像灌了铅似的沉重。龙隆隆只得躺在草坪上借助斜坡滚到公园外的马路边。

龙隆隆撞上了一对互相搀扶着散步的老夫妇。

"快救救我！"龙隆隆想把受伤的手举起来给这对老夫妇看看,可是胳膊竟然使不上一点力气。

更多的人包围了龙隆隆,一个年轻的小伙子掏出手机给急救中心打了电话。

一分钟后,救护车呼啸着把龙隆隆送进医院。

幸好,龙隆隆没有晕倒,他还能说出爸爸妈妈的名字和家里的电话号码。护士小姐把电话打到龙隆隆家里,龙隆隆的爸爸妈妈很快赶到了急诊室门口。因为担心,妈妈坐着出租车,一路哭着来的,弄得脸上都是黏糊糊的眼泪和鼻涕。

"龙隆隆对不起,爸爸不该打你！"龙隆隆刚出急诊室,就听到爸爸在向他道歉。爸爸实在太焦急了,差点撞到给他和妈妈带路的护士小姐,气得护士小姐狠狠地瞪了他一眼。

"对不起,妈妈也不该逼你做数学题。"妈妈也冲到龙隆隆面前,而她居然又和爸爸的口径一致,也道起歉来了。

爸爸妈妈的葫芦里卖的什么药啊？龙隆隆再一次晕头转向。

趁着爸爸妈妈不注意,龙隆隆掏出听诊头对准了爸爸的心脏。

"我只不过打了龙隆隆几下,他就想到了自杀。他要是真死了,我一辈子都会不安心的。以后真不能打孩子了！"爸爸的心里充满了焦虑。

"都怪我们气糊涂了,杨老师这么一找,我就急于求成,让孩子做题,

结果差点闹出人命啊！以后真不能逼孩子了！"妈妈的心里充满了忧愁。

"原来，爸爸妈妈以为我躲在街角公园里自杀啊！"龙隆隆差点笑出声来，他龙隆隆是英雄好汉，绝不会因为区区一次考试失利而自杀的。

"爸爸妈妈，我不是想自杀，我只是一不小心被啤酒瓶碎玻璃划破了手掌。"龙隆隆觉得自己有义务向爸爸妈妈解释清楚。

只见爸爸妈妈不约而同地瞪大了眼睛，连嘴巴都十分一致地张成"O"字形。紧接着，爸爸妈妈发出了只有小孩子才能发出的那种欢呼声，"呜啦——耶！"

爸爸妈妈拥抱在一起，龙隆隆伸长脖子拱到爸爸妈妈中间。

"真高兴，龙隆隆不是自杀，不过我们教育龙隆隆的方式确实应该改了。"这一次爸爸和妈妈的心里竟传来同样的声音。

听诊头夹在三个人的身体中间，那股蓝色的光旋转成椭圆的一团，像一汪湖水，蓝得那么清澈，那么温柔。只可惜大家都没有发现身边那抹美丽的蓝光。

第 25 章
养伤的日子不太好玩

龙隆隆的爸爸妈妈觉得龙隆隆流了那么多血,应该好好休息,最好是多吃点有营养的东西补血,于是他们就一起给杨老师打电话给龙隆隆请假。

因为龙隆隆的爸爸刚带旅游团回国,按照旅行社的规定,有一个星期的休息假,不用早起上班的爸爸自然而然承担起了照顾龙隆隆的任务。

爸爸走了半个多月,刚一回家当然想跟龙隆隆多亲近亲近,要不是昨天龙隆隆考了那么低的分数,还把手掌划破进了医院,爸爸早就拿出他在泰国买的礼物送给他了。

不过,龙隆隆的爸爸也不是一个能沉得住气的人。一大早,龙隆隆刚起床,还没洗脸呢,爸爸就把龙隆隆拉到客厅的沙发上,让龙隆隆猜他这次带回什么礼物。

龙隆隆根本不愿意猜爸爸带回的礼物是什么,爸爸每次带团出去,总给他带那些小玩偶之类的东西,比如日本的樱花猫、澳大利亚的绒毛考拉,最恐怖的是有一次爸爸带团去美国夏威夷,给他带回来一个穿着粉红色裙子和白色小皮靴的芭比娃娃。

　　龙隆隆也不知道爸爸为什么喜欢送这些东西给他,事实上龙隆隆对玩偶一点儿兴趣都没有,美食才是他的最爱。

　　"龙隆隆,快猜猜看呀! 爸爸买的礼物很有泰国特色哦!"爸爸像逗三岁小朋友似的哄龙隆隆猜。

　　"爸爸,妈妈上班之前不是说今天会叫饭店送好吃的外卖吗?"龙隆隆的肚子早就饿了,比起爸爸的礼物,他更期待饭店的服务生前来敲门,"都快九点了,外卖怎么还不来呀?"

　　"龙隆隆,你不想知道爸爸给你带来什么礼物吗?"爸爸还在锲而不舍地追问,爸爸还扳着龙隆隆的肩膀,让龙隆隆专心回答问题。

　　就在这个时候,门外终于有了些响动,龙隆隆像离弦的箭一般冲向门口,"刷"拉开了门。

　　饭店的服务生提着七八个餐盒正准备按门铃,他被龙隆隆突然之间拉开门的动作吓了一跳。

　　"爸爸快来帮忙啊!"龙隆隆用没受伤的右手搂过四个餐盒,剩下的三个只能交给爸爸了。

　　爸爸虽然对龙隆隆的反应有些失望,可是他还是很快跑了过来。折腾了一个早上,他也饿了。

　　爸爸把餐盒一一打开,每打开一盒,龙隆隆都要大叫一声万岁。看看妈妈真够意思,点的菜多够水准,焦熘肉段、干煸鱿鱼、尖椒牛柳、红烧狮子头、宫保鸡丁、清蒸鲤鱼……不要说吃了,闻一闻味道都要流口水呢!

　　龙隆隆抓起筷子向一桌美食进攻,爸爸也不示弱,一眨眼的工夫就吃掉了半盘尖椒牛柳,而且爸爸的筷子就像长了眼睛似的,专盯着牛柳往嘴里送。

　　龙隆隆想跟爸爸说给他留几块牛柳，可是他的嘴里塞满了干煸鱿鱼，说出来的话含混不清，等龙隆隆好不容易把鱿鱼咽到肚子里，尖椒牛柳只剩下尖椒了。

　　"还说是留在家里照顾我呢！"龙隆隆对爸爸不满意了，他跑回房间取来听诊器，听诊头毫不留情地对准了爸爸的胃。

　　"就这么一点儿牛柳怎么够吃呀？再吃两个红烧狮子头！"爸爸的胃向爸爸的嘴下达命令，同时接受命令的还有爸爸的手，瞧他手里的筷子已经向一个狮子头伸过去了，狮子头被捅破了一个大洞。

　　爸爸吃东西的速度惊人，龙隆隆刚眨了一下眼睛，爸爸就吃掉了半个狮子头，还用羹匙舀了一口菜汤灌进嘴里。

　　龙隆隆再也看不下去了，他怕爸爸一个人把狮子头吃光了，连忙抓起一根筷子把爸爸还没动过的那个狮子头扎进自己的饭碗里。

　　终于吃完了早饭，龙隆隆的手掌受了伤，刷碗的任务自然落在爸爸的头上。可是爸爸觉得一个大个子男人刷碗有点没面子，把油渍渍的饭碗扔进水池就不管了，爸爸说："还是等你妈妈回来再说吧！"

　　爸爸闲下来没事做，又想起了礼物的事情，便追着龙隆隆到房间里。

　　"龙隆隆，你快猜猜爸爸这次给你带回来什么礼物啊？"爸爸还真有一种不撞南墙不回头的精神。

　　龙隆隆把听诊器对准爸爸的心脏。

　　"是玩具象！"龙隆隆不情愿地把听到的爸爸的心里话重复了一遍。他宁愿爸爸给他带回来一份便宜又好吃的菠萝饭，要不然带回来几个新鲜的水果也比这个礼物好。

　　"答对了！"爸爸不知道龙隆隆心里想什么，他手舞足蹈地从一个花盒子里拿出一头灰色的小象，"你看，是不是很可爱？"小象的鼻子向上

卷起,耳朵像两把大蒲扇。

爸爸不等龙隆隆回答,就把小象和樱花猫、绒毛考拉放在一起,为了爸爸这些玩具,妈妈还特意找人在客厅里做了一个展示柜。现在,展示柜都要摆满了,远远望去,像玩具销售柜。

爸爸越看这些玩具越觉得得意,他一得意起来就顾不上和龙隆隆说话了,龙隆隆乐得清净,躺回他的小床,准备睡个回笼觉。

可是就在龙隆隆快要睡着的时候,爸爸又跑来找龙隆隆聊天了。

"龙隆隆,快起来和爸爸说说话嘛!"爸爸用他的大手拍龙隆隆的脸蛋,一开始还是轻轻地拍,可是见龙隆隆不睁眼睛,爸爸的手又加大了力度,拍起来啪啪响。

"龙隆隆,你猜爸爸给你妈妈带回来什么礼物?"为了让龙隆隆快点把眼睛睁开,爸爸还用手指戳龙隆隆的脚掌心。因为痒,龙隆隆连忙把脚缩进被窝里。

"龙隆隆,爸爸不在家,妈妈有没有说爸爸的坏话呀?"爸爸掀开了龙隆隆的被子,龙隆隆只好坐起身来,气鼓鼓地看着爸爸。

"妈妈说你什么坏话,你问妈妈不就知道了吗?"龙隆隆觉得爸爸的问题有点小心眼,决定誓死捍卫妈妈,不过妈妈也确实没说爸爸什么坏话。

"这个问题是不能问她的。"爸爸套起近乎来了,"龙隆隆,你妈妈最近和什么人走得特别近?比如说有没有什么叔叔给咱们家送花?"爸爸的手里不知什么时候多了两张麦当劳的餐券,还故意在龙隆隆的眼前晃来晃去。

不过,龙隆隆刚刚吃饱,对麦当劳还不是那么向往。龙隆隆把被子夺回来,重新盖在自己身上,也不知道是吃得太饱了,还是失去的血还没有补回来,龙隆隆的困劲又上来了,又闭上了眼睛。

"你要是不说出来,就别想睡觉。"爸爸使出了霸王手段,像个耍赖的小孩子。

爸爸的这种软磨硬泡型的逼供比严刑拷打更容易使人崩溃。

"早知道爸爸这么难缠,还不如上学去呢!"龙隆隆在心里嘀咕。可是爸爸是不管这些的,爸爸只想知道在这一段时间里,妈妈有什么表现。

龙隆隆困得呵欠连天,也顾不得捍卫妈妈,反正妈妈没有不良表现,还是顺着爸爸的意思招供吧。

"爸爸,我说,我全说! 妈妈的那束玫瑰花是我送的,你的那张卡片也是我送的……妈妈除了得了胃病,其他都好……没有叔叔上我们家来,连阿姨都没来过……"龙隆隆也不知道这样的答案能不能让爸爸满意,因为瞌睡虫已经把他咬得思维混乱,连说话都接不上了。

第 26 章

英雄的待遇

龙隆隆只在家休息了一天,第二天一上学,龙隆隆那只因为受伤而被包扎得像颗粽子似的手立刻成了五年一班的爆炸新闻。

"真威风!"男生们觉得那里三层外三层的纱布是英雄挂了彩的勋章。

"真吓人!"女生们觉得那是一顿皮肉之苦后留下的证据。

大家向龙隆隆打听受伤原因,龙隆隆却笑而不答,还装出一副很神秘的样子。

一直都喜欢和龙隆隆作对的张雨果,今天主动帮龙隆隆把书包打开,龙隆隆的钢笔没水了,张雨果还大方地贡献出自己的钢笔水。

"龙隆隆,你的手是怎么回事儿?"写早自习作业时,张雨果忍不住问龙隆隆。她的声音小小的,听起来很温柔。

龙隆隆认识张雨果五年,从来没听到她用这么好的语气跟自己说话。龙隆隆故意装作没听见,因为如果他没听见,张雨果就要再重复一遍,龙隆隆喜欢听张雨果发出这么好听的声音。

"龙隆隆,我问你话呢!"张雨果撒起娇来了,为了让龙隆隆听她说话,张雨果还摇了摇龙隆隆的胳膊。

龙隆隆没法再装听不见了,只好把头扭向张雨果,趁着张雨果不注

意,还把听诊头对准了张雨果。

"混蛋龙隆隆,怎么还不把原因说出来。"张雨果心里传出嫌恶的声音,"龙隆隆,你不要害我输掉蛋黄派!"原来,张雨果跟一帮同学打赌,看谁第一个套出龙隆隆受伤的秘密。

龙隆隆看着张雨果,她的脸上挤出了甜甜的笑容,跟她心里想的完全不同。

原来,张雨果对自己好也是装出来的。龙隆隆一想到这个,就忍不住火气上升。为什么张雨果就不能真对他好一次呢?

"我为什么要告诉你?"龙隆隆狠狠地瞪着张雨果,可是张雨果丝毫不受影响,反而继续使用她的"怀柔政策"。

"人家想知道嘛!"张雨果温柔的声音刻意得让人起鸡皮疙瘩。

"那就拿蛋黄派来交换吧!"龙隆隆故意把蛋黄派三个字说得响亮。

张雨果不是笨蛋,她一下就听出来龙隆隆话里有话。张雨果不再答理龙隆隆,低下头,写起作业来,直到第一节课下课,都没跟龙隆隆说一句话。

见张雨果不理自己,龙隆隆又生起闷气来。不过,龙隆隆是不会甘心自己一个人生气的,他决定也让张雨果生一次气。

熬到下课,龙隆隆主动走到周心心的座位前。

"周心心,你想知道我是怎么受伤的吗?"龙隆隆问周心心。

周心心点头如捣蒜,过一会儿又摇头如拨浪鼓。她实在很想知道龙隆隆是怎么受伤的,可是她实在不敢相信龙隆隆会在第一时间把这个消息告诉她,连张雨果都问不出来的事情,龙隆隆怎么可能告诉她呢?

龙隆隆没时间看周心心的头怎么转,也没时间窃听她心里在想什么。龙隆隆发现张雨果正生气地盯着他和周心心,他急忙用手搭成喇叭,对准周心心的耳朵小声说起话来。

当然，龙隆隆肯定不会说这是因为自己不小心被破啤酒瓶子划伤的，在周心心面前，他得把自己树立成英雄，比如自己舍己救人，面对歹徒的啤酒瓶子英勇搏斗，重拳出击。

周心心听了龙隆隆的诉说居然相信了，而且毫不怀疑。

龙隆隆心满意足地看着周心心用崇拜的目光看着他。龙隆隆没有回头看张雨果，可是他敢打包票，张雨果气得不轻。

一想到张雨果也生气了，龙隆隆乐得合不拢嘴巴。

果然，张雨果拉长了脸把周心心叫了过去，为了防止龙隆隆偷听，张雨果还牵着周心心的胳膊，把她拉出了教室。

可是不出两分钟，张雨果就甩开周心心一个人回到座位上了。和刚才的怒气冲冲相反，张雨果现在是满面春风。

"龙隆隆，原来你这么英勇！"张雨果和龙隆隆说话的声音又温柔起来。

龙隆隆吓了一跳，张雨果应该生气才对呀！张雨果怎么能不生气呢？

"张雨果，你为什么不生气？"龙隆隆不管三七二十一，先问了再说。

"我怎么敢生大英雄的气呢？"为了证明自己没有生气，张雨果还特意笑了起来，眼睛和眉毛都弯成了好看的弧线。

这个时候，上课的铃声响了起来。张雨果虽然不再说话，可是她忙前忙后，帮龙隆隆把第二节课需要用的东西整整齐齐地摆在了桌面上。

第二节课是美术课，教美术课的王老师带来一堆水果摆在讲桌上，让大家练习画静物素描。

龙隆隆因为行动不便，再加上美术基础较差，画了半天连一个苹果也没画出来。龙隆隆做好了挨王老师批评的准备。可就在这时，张雨果

却挺身而出,她不仅帮龙隆隆勾勒出苹果的形状,顺便把摆放在苹果旁边的香蕉和鸭梨也画好了。

龙隆隆不知道张雨果为什么又对他这么好,趁着张雨果帮他画明暗关系,龙隆隆把听诊头对准了张雨果。

"和龙隆隆这样的英雄同桌也不错,如果别人问起龙隆隆是怎么成为英雄的,我还可以说是在我的帮助下才成为英雄的。"张雨果的心里打起了小算盘。

"要是有记者来采访龙隆隆就好了,这样我和龙隆隆都能上报纸,英雄和英雄的同桌,一起印在报纸上多带劲儿啊!"张雨果越想越觉得完美。

龙隆隆不露声色地看着张雨果,她帮他画画的神情多认真啊!一看到张雨果认真的样子,龙隆隆就不忍心骗她了。

龙隆隆小心翼翼地撞了撞张雨果的胳膊。

"龙隆隆,我很快就画好了!"张雨果举着龙隆隆的图画本,给龙隆隆看。

龙隆隆到了嘴边的实话又咽了回去。如果张雨果知道了真相,还会对他这么好吗?不过不管怎样,龙隆隆决定好好把握住张雨果对他好的机会。

"张雨果,你能把新买的童话书借我看看吗?"龙隆隆小声地试探着。

"当然能啦!"张雨果很爽快地从书包里翻出童话书,递给龙隆隆。

"张雨果,我饿了。"龙隆隆乘胜追击,撒起娇来。

"我有酸奶,不过你得下课再喝。"张雨果毫不吝啬,又贡献出了她的无糖酸奶。

龙隆隆乐不可支,像张雨果这么聪明、骄傲的女孩子能对他这么好,简直就是他至高无上的光荣。

第 27 章

从英雄到狗熊

下了课,张雨果第一个跑出教室。

龙隆隆坐在座位上喝起了张雨果的酸奶。没想到张雨果的酸奶这么好喝,又浓又稠,酸酸的、凉凉的,含在嘴里滑溜溜的。

不出两分钟,张雨果又一脸兴奋地跑回教室。"龙隆隆,你快点收拾收拾,等一会儿晚报的记者要来我们班拍照。"

"记者为什么来拍照?"龙隆隆感到莫名其妙,他想找张雨果问清楚,可是张雨果正对着玻璃窗梳头发,根本没时间回答任何问题。

第三节课上课铃响的时候,一位年轻的男记者跟在杨老师身后走进了五年一班。杨老师看上去很高兴,嘴角微微地向上扬着。

杨老师走上讲台,习惯性地用目光把全班都扫视了一遍,最后定格在龙隆隆身上。

"我们班的龙隆隆同学见义勇为,和坏人搏斗,虽然弄伤了手掌可是仍然坚持上学。"杨老师慷慨激昂的语调像是在分析一篇课文,"今天晚报的李记者就是来采访龙隆隆的。"

杨老师本来想正式把李记者介绍给大家,可是同学们一听到龙隆隆见义勇为的事迹,就再也坐不住了,尤其是几个平时和龙隆隆关系要好

111

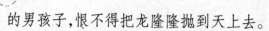

的男孩子,恨不得把龙隆隆抛到天上去。

教室里像炸了锅一样。龙隆隆不知道事情怎么演变成了这个样子,紧张得直冒冷汗。

杨老师不想让李记者看笑话,连忙用教鞭敲几下黑板,维持秩序。

"哪位是龙隆隆同学?"李记者不想把时间浪费在小事情上,他希望早点完成采访任务。

龙隆隆躲不过去了,怯生生地从座位上站起来,准确地说是扶着书桌撑起来的,他的腿发软,脚也不听使唤了。

"你真的是龙隆隆?"李记者实在无法将眼前紧张得浑身发抖的男孩和见义勇为的小英雄联系在一起。

"听说你为了帮助一位老人抓小偷,在搏斗过程中被小偷划伤了手掌?"李记者循循善诱,引导龙隆隆说出有用的线索,他好回报社写稿。

龙隆隆点一下头,又摇了两下头。李记者看不明白,只好用求助的眼神看着杨老师。

"这孩子今天确实有点反常。"杨老师也是第一次看见龙隆隆这个样子,她和李记者一样,看不出个所以然来。不过,杨老师倒是看出坐在龙隆隆旁边的张雨果在不停地冲龙隆隆使眼色。

"要不然,就让龙隆隆的同桌张雨果来谈谈龙隆隆平时的表现吧。张雨果品学兼优,我安排她和龙隆隆同桌,就是为了让她帮助龙隆隆进步。"杨老师把张雨果推荐给李记者。

张雨果等了半天,就为了等这个机会。张雨果一站起来,就滔滔不绝地讲起了她帮助龙隆隆的点点滴滴,什么帮龙隆隆背课文啦,帮龙隆隆剪手指甲啦,帮龙隆隆听写生字啦……

张雨果虽然十分卖力地表现自己,可是她说的话都不是李记者需

要的。

"是谁给报社打电话提供的新闻线索?"李记者不得不打断张雨果的讲述。

"是我打的。"张雨果的声音再一次响起,"要是没有我平时的帮助,龙隆隆能在危急时刻冲到前面去吗?"

看着张雨果一张一合的两片嘴唇,李记者突然觉得十分厌烦。

"龙隆隆,希望你能告诉我事情的真相。"李记者来到龙隆隆面前,不知为什么,他有一种直觉,龙隆隆的经历并不像张雨果在新闻热线里说的那样。

"我的手是自己不小心被玻璃划破的。"龙隆隆低下了头。

"这简直是胡闹!"刚才还喜气洋洋的杨老师一下子变了脸色,她甚至顾不得在场的李记者,一甩手离开了教室。

杨老师走了,五年一班的同学们更没有禁忌了,原本就要把龙隆隆抛到天上的几个男孩子仍然要把龙隆隆抛到天上去,只不过抛英雄改成了抛狗熊。

李记者当然没空理会这些孩子们的胡闹,他悄无声息地离开了五年一班。

张雨果又生气了,气得连呼吸都比平时快了很多倍。

"周心心,都是你骗我,要不然我能给报社的记者打电话吗?"为了发泄,张雨果只好拿周心心出气。

"是龙隆隆自己说的。"周心心无辜极了,本来就是龙隆隆告诉她的嘛!

张雨果当然知道周心心不会说谎,可是为了给自己找台阶下,她也只能批评周心心了。

龙隆隆夹在两个女孩子中间,站也不是,坐也不是。

这一天剩下的时间里,张雨果没再跟龙隆隆说任何话。龙隆隆借助听诊器,听见张雨果在心里骂了他足足一百次。

第28章
两个拔河的小声音

最近这几天,龙隆隆总是追着杨老师问什么时候还做口算题。他准备一雪前耻。

本来杨老师不打算再安排早自习做口算题,她给大家准备了应用题,可是被龙隆隆这么一磨,杨老师只好改了主意,在黑板上工工整整地抄上五十道口算题。

"杨老师,我今天要考一百分!"龙隆隆连书包都没打开呢,就迫不及待地向杨老师保证。

龙隆隆的话惹来几个男生一阵哄笑。

杨老师回过头,看着龙隆隆也笑了起来。

龙隆隆把听诊头对准杨老师的心脏,杨老师的心里竟然出现了两个声音,一会儿一个粗声音说:"龙隆隆不是在开玩笑吧?"一会儿一个细声音说:"我看龙隆隆是真下工夫学习了!都受伤了还不耽误上学呢!"

说着说着,粗声音和细声音就吵了起来了。

"你怎么能这样不信任你的学生?差生就不能变成优秀生吗?"细声音像唱美声的女高音,把声调拔得高高的。

"他做事总是三分钟热度,谁知道他以后什么样啊?他说要考一百

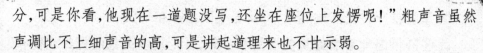

分,可是你看,他现在一道题没写,还坐在座位上发愣呢!"粗声音虽然声调比不上细声音的高,可是讲起道理来也不甘示弱。

两个声音互不相让,越吵越凶。

龙隆隆听到粗声音在说他发愣,连忙用没受伤的右手翻出白纸和圆珠笔,飞快地把黑板上的五十道题抄下来。

抄题容易答题就难了。龙隆隆勉强做了六道题,因为怕错还反复验算了几次。这时候,已经有两名同学交卷了。

还有四十四道题,龙隆隆硬着头皮往下做,早知道今天的题目做起来这样吃力,刚才就不说自己要考一百分了。

过了一分钟,龙隆隆好不容易又磨蹭完两道题,班里从座位上走出去找杨老师批改答案的同学已经超过了二十个。

龙隆隆斜着眼睛看了看坐在旁边的张雨果,心里奇怪今天她怎么没抢先,反而慢条斯理地一道接一道检查。

龙隆隆的心脏怦怦跳快了,他伸手摸了摸听诊器,如果把听诊头对准张雨果,别说五十道口算题,一百道口算题都不在话下。

龙隆隆扔下圆珠笔,飞快地插好耳塞,当听诊器擦过他的心脏,准备对准张雨果的时候,突然一个细声音顺着传声道钻进他的耳朵:"不准作弊!抄来的一百分不是真正的一百分!"紧接着,又有一个粗声音冒了出来:"不就是抄几道题嘛!有什么了不起的?考试不及格才丢人呢!"

原来,在龙隆隆的心里也有两个声音,一正一邪,一左一右,在是非对错间不停地拔河。

龙隆隆摘下耳塞,不敢再听下去。

林一轩趁着找杨老师批改口算题的机会特意绕到龙隆隆的座位旁,还用胳膊肘碰了碰龙隆隆的脑门。

龙隆隆被吓得差点跳起来,听诊器也险些掉在地上。

龙隆隆愤怒地看着嬉皮笑脸的林一轩,可是没多久他的视线就被林一轩手腕上的电子表吸引住了。那是一块带计算器的电子表,龙隆隆也有一块,龙隆隆去菜市场帮妈妈买菜,还用它计算过价钱呢!

"要是用计算器来算口算题,保证又准确又快!"龙隆隆为这个想法雀跃不已。龙隆隆认识一位张雷哥哥,读大学二年级,听说他考试的时候就可以使用计算器。

龙隆隆恨自己没有早点儿想出来这个办法。

"既然允许人家大学生用计算器考试,那就说明这么做不是作弊!"龙隆隆希望心里的细声音也能明白这个道理。

龙隆隆心安理得地亮出戴在左手腕上的电子表,调好计算器,用圆珠笔尖按着键盘,算起数来。四百五十除以五十等于九,三百七十六加一百二十四等于五百……还是计算器速度快呀!

"杨老师,龙隆隆作弊!"张雨果忽地从座位上弹起来,向杨老师汇报。张雨果得了好几个口算考试一百分,本来今天她已经做好准备,想得个应用题一百分,可是都怪龙隆隆搅局,杨老师临时把应用题又换回了口算题。

"龙隆隆肯定没安好心!"张雨果这么一想,就开始监视起龙隆隆的一举一动,还故意拖延时间不交试卷,看看龙隆隆到底想干什么,现在果然让她抓住了他"作弊"的把柄。

"杨老师,张雨果诬陷!"龙隆隆不甘示弱,也忽地从座位上弹起来。

"龙隆隆做口算题用计算器!"张雨果抓住龙隆隆的左手,高高地举了起来,"他的手表有计算器的。"张雨果才不管龙隆隆受不受伤,谁让记者来采访时龙隆隆害她丢脸来着?如果龙隆隆配合得好一些,说不定她现在都上报纸了呢!

　　听张雨果这么一说,杨老师停止批改试卷抬起头来看着龙隆隆。

　　"张雷哥哥是大学生,他考试的时候就可以用计算器。"龙隆隆本来想理直气壮地大喊一通,可是被杨老师这么一看,声音就小得像蚊子哼哼了。

　　"龙隆隆,你上大学了吗?"杨老师瞪了龙隆隆一眼,"你说今天要考个一百分,就是用这种方法考的呀?"

　　杨老师的话音刚落,全班同学都笑了。周心心因为笑得太投入,还把文具盒打翻了。

　　连周心心都笑话起他来了,龙隆隆恨不得地上有一条缝能够钻进去躲一躲。可是,教室里怎么可能有地缝呢?

第29章

谁是情报间谍？

五年一班有个劲敌，那就是五年二班。

本来，五年一班和五年二班没什么矛盾，可是五年一班的班主任杨老师处处都爱拿自己的班级和五年二班比较，比赢了当然高兴，要是比输了，杨老师的脸色就会难看好几天。

当然，五年二班的班主任陈老师凡事也愿意跟五年一班争个长短，而且不得第一誓不罢休。这样一来，时间长了，五年一班的同学和五年二班的同学不知不觉就把对方当做竞争对手了。

自从主抓教学的罗主任宣布要在月底进行一次百题竞赛，杨老师和陈老师便如临大敌般，带领着各自的班级忙碌起来。

龙隆隆喜欢看杨老师忙碌，因为杨老师一忙碌起来就没时间把注意力放在他一个人身上了，这个时候，杨老师要管全班同学，只有把全班成绩都提上来，才能从真正意义上战胜五年二班。

为了取得最后的胜利，杨老师牺牲了很多休息时间，给大家找习题，每天还要进行一次模拟考试。为了尽快把试卷批改出来，杨老师连中午饭都顾不上吃。

看见杨老师忙成这样，龙隆隆又于心不忍了。

龙隆隆想帮助杨老师。有一天,龙隆隆摆弄听诊器的时候,无意间听见杨老师的心里说她最大的心愿就是战胜陈老师。

中午休息的时候,龙隆隆在走廊里遇见陈老师。陈老师和杨老师一样,有意无意都爱板着脸、皱着眉头,让人摸不准她们在想什么。龙隆隆跟在陈老师后面,狭长的走廊里就只有他和陈老师两个人。龙隆隆不由自主地把听诊头对准了陈老师。

"五年一班的杨老师天天出试卷,也不知道试卷上都有些什么题目。"陈老师在心里嘀嘀咕咕地猜测。

"要是能弄来一套她的试卷,不就知道她的复习思路了吗?"陈老师暗自想着对策。

忽然陈老师转过身来,龙隆隆被她这个突如其来的动作吓了一跳,听诊器从手里滑落打在胸口上痛极了。

"你是五年一班的学生吧?"从来不曾跟龙隆隆说话的陈老师主动和龙隆隆打招呼,脸上还堆起了笑容。

陈老师向四周看了看,小声对龙隆隆说:"听说你们班杨老师印了试卷,你能借我看看吗?"陈老师笑得更亲切了,亲切得有点不像陈老师。

这个时候,杨老师恰好从办公室出来。陈老师一看见杨老师,立即闭上嘴巴,像什么事情都没发生似的,顺着杨老师打开的门缝挤进了办公室。

陈老师要看杨老师出的试卷,为什么不直接找杨老师借呢?龙隆隆觉得很奇怪。

下午快要上课的时候,龙隆隆把陈老师要借试卷的事情告诉林一轩。

"我看陈老师这是想要窃取情报!"林一轩瞪着眼睛,不假思索地给

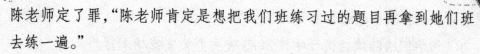

陈老师定了罪，"陈老师肯定是想把我们班练习过的题目再拿到她们班去练一遍。"

龙隆隆似懂非懂地点点头。

林一轩继续说道："知己知彼，百战不殆。陈老师摸清我们班的路数，是战胜我们班的第一步。"林一轩像个军事家似的，越说越来劲。

林一轩的话终于启发了龙隆隆。不过，龙隆隆却想，如果杨老师摸清了陈老师的路数，她不也就迈出了战胜陈老师的第一步吗？

别看平时龙隆隆总挨杨老师的批评，可是到了关键时刻，他还是坚持要站在杨老师这一边的。龙隆隆决定利用下课的间隙，到五年二班去窃取情报。

说是到五年二班去，其实也不一定非得走进五年二班教室。下了课，龙隆隆守在五年二班的教室门口。为了避免打草惊蛇，龙隆隆把听诊器藏在上衣外套里面，然后在第二颗和第三颗扣子中间露出听诊头。

听诊头首先对准了五年二班的学习委员左晓明。左晓明正在思考一道关于列车通过隧道的应用题。

龙隆隆尽管想不明白像这样的问题应该怎样解答，不过他却用最快的速度在笔记本上把这道应用题记了下来。

接下来，龙隆隆又把听诊头对准了五年二班的中队长孟天翔。孟天翔正和一道选择题纠缠不休："在边长和高都相同的情况下，正方形的面积大，还是平行四边形的面积大？"答案有三个，正方形面积大，平行四边形面积大，面积一样大。

龙隆隆没空去管孟天翔究竟选择哪个答案，他很尽责地把这道题也记在了笔记本上。

这个下午，龙隆隆一下课就去五年二班教室门口守着，直到放学，龙

隆隆已经把整个笔记本都记满了。

同学们陆陆续续离开学校,龙隆隆去办公室找杨老师。

"这是什么?"杨老师不解地看着龙隆隆呈上来的笔记本,上面的字潦草得活像鬼画符。

龙隆隆左看右看,确定办公室里只有他和杨老师两个人,又确定办公室门外也没人,才趴在杨老师的耳边小声说了这些题目的来历。

杨老师将信将疑地看着龙隆隆。那些费力记下来的题目,杨老师既没有说用,也没有说不用。

"真的是通过这只听诊器听到的!"龙隆隆急了。

杨老师不愿意相信没有科学根据的事情,为了让杨老师相信,龙隆隆掏出了听诊器。

杨老师认识这只听诊器,上个月龙隆隆还曾经用它来给自己测过心跳,可是当时龙隆隆不是说这是一只坏的听诊器吗?

"这只听诊器虽然看起来有毛病,可是它不是一般的听诊器!"龙隆隆举起听诊器在杨老师面前晃了晃。

"不过你得保证不没收听诊器,我才能把它的秘密说出来。"龙隆隆干脆坐在了杨老师面前。

"有什么秘密,你快说吧!"杨老师被龙隆隆缠得没办法,只好点了点头。

杨老师之所以让龙隆隆快说,是因为她还要抓紧时间批改作业,可是龙隆隆却理解成了杨老师很想知道这个秘密。于是,龙隆隆事无巨细地讲得眉飞色舞,说到高兴处还拼命地比画着。

"这只听诊器真的能听到人心里想什么。"龙隆隆第八十八次向杨老师保证。

杨老师忍不住打了个呵欠,她早已被龙隆隆那冗长的叙述给弄迷糊了。

"可是这只听诊器只能在我的手里才发挥作用!"说到这里,龙隆隆又自豪又骄傲。

杨老师巴不得龙隆隆早点离开办公室,所以无论龙隆隆说什么,杨老师只是点头,从不插话,她怕她一插话,龙隆隆又会接她的话聊个没完。

"杨老师,这回你相信了吧?"龙隆隆龇牙咧嘴地笑起来。

"杨老师,我这就回教室把题目抄在黑板上,明天早自习的时候全班一起做。"龙隆隆关键时刻还真大公无私,在龙隆隆看来,全班取得胜利才是真正的胜利。

杨老师的脑袋被龙隆隆搅成了糨糊,一听到龙隆隆说要回教室,赶紧挥了挥手,让他赶快离开。

第 30 章

和五年二班叫板

等杨老师回过神来的时候，龙隆隆已经把题目都抄好了。

杨老师本来不相信龙隆隆说的话，也没打算让大家做这些题目，可是一看见龙隆隆那股热情劲儿，拒绝的话就不好意思说出口了。

直到第二天的早自习，趁着同学们都埋头算题，杨老师才回过头来仔细看了一遍抄在黑板上的题目。

"这都是典型题啊！"杨老师眼睛盯着黑板，嘴巴却不由自主地感叹着。

杨老师想起这都是龙隆隆弄来的题目，便把目光投向龙隆隆。龙隆隆正咬着笔杆绞尽脑汁地思考一道要求用两种方法解答的应用题。

杨老师走到龙隆隆面前，故作不经意地瞥了一眼龙隆隆的练习本，龙隆隆尽管把题目都抄了下来，可是会做的却没几道，勉强做上来的也是漏洞百出。

杨老师了解龙隆隆，如果龙隆隆想逞强，给全班出题，他绝不会找自己做不出来的题目，而且从这些题目的深度和广度上来看，绝不是龙隆隆一个小孩子能想出来的。

杨老师开始有点相信龙隆隆了。

第一节课的数学课上,杨老师还十分郑重地把黑板上的题目从头到尾讲了一遍。

终于到了"百题竞赛"的那一天。按照惯例,五年二班的陈老师要到五年一班来监考。

考试铃声响过以后,试卷发下来了。由于杨老师作了充分的准备,所以这些题目对五年一班的同学们来说,难度不大。

龙隆隆认真数了数这一百道题目,其中杨老师自己押对了三十道,陈老师押对了三十二道,不过陈老师押上的考试题,被他龙隆隆窃听过来后,就成了五年一班的资源了,这样,这一百道题目中,至少有六十二道是被五年一班练得滚瓜烂熟的。

龙隆隆飞快地答完了试卷,趁着陈老师没注意,偷偷地戴上了听诊器的耳塞。

"这次竞赛我终于可以及格了!"最先挤进传声道的是周心心心里的声音。龙隆隆忍不住笑了起来,几乎全班同学都知道,周心心只有两个愿望,一是考试及格,二是过新年的时候收到贺年卡。可是这对于周心心来说却不是那么容易实现的,首先,自从周心心转入五年一班,考试就从没及格过;其次,周心心是全班公认的笨女孩,所以过新年的时候大家都不愿意送贺年卡给周心心。

龙隆隆看了一眼周心心,她在检查题目。龙隆隆忽然觉得周心心的愿望是那么渺小,那么可怜。

龙隆隆校正了一下听诊头,使它恰好对准周心心的头,这样,周心心的大脑思考些什么便都传进龙隆隆的耳朵里了。龙隆隆打算和周心心一起检查卷子。

第一题,周心心答对了。

第二题,周心心也答对了。

第三题不对,龙隆隆使劲咳嗽了一声,可是周心心却毫无反应。

周心心继续往下检查第四题,龙隆隆没有办法,只得跟着她一起检查第四题,幸好第四题做对了。接下来是第五题、第六题……一直到第十八题,周心心的答案都是准确无误的。

龙隆隆想松一口气,可是从第十九题开始,状况就不同了。这个时候,龙隆隆才感觉到周心心根本不是做题,而是事先把那些复习题都背下来,考试的时候再一道道往里面套。有些题目,罗主任在出题的时候把数改了,可是周心心不知道,还按照背下来的答案往上面写。

为了提醒周心心把错题改过来,龙隆隆再一次大声咳嗽起来,而且一连咳嗽了三次。周心心不仅没有转过头来看龙隆隆,反而嫌龙隆隆太吵,还用手把耳朵捂上了。

"周心心真是不折不扣的笨女孩!"龙隆隆虽然在心里骂周心心,可是手也没闲着,他从文具盒里取出橡皮,冲着周心心的脑袋飞了过去。"这下你总会有反应了吧?"龙隆隆期待周心心能马上转过头来。

可是周心心只是揉了两下后脑勺,便又重新检查起试卷来。

龙隆隆没见过这么气人的家伙,一气之下,把手里的钢笔也甩了出去。钢笔在空中画了一个别扭的弧线,可是却落在陈老师的身上,飞溅出的几滴钢笔水把陈老师的白衬衫染蓝了一片。

龙隆隆吓坏了。但陈老师没有生气,甚至连挽救那件白衬衫的举动也没有,陈老师像个挂着勋章的斗士那样,高高地站在讲台上。陈老师的举动反倒把龙隆隆弄糊涂了。

龙隆隆不敢在这个时候再把听诊器亮出来,不过幸好还戴着耳塞,龙隆隆偷偷地把身体歪一下,使垂在胸前的听诊头尽量冲向陈老师的心脏。

由于龙隆隆和陈老师的身高有差距,所以,那只听诊器仅仅能对准陈老师心脏下方,大概是左侧肋骨的位置。龙隆隆只听到一根肋骨向同伴们讲述自己曾经骨折过的经历,别的就什么也听不见了。

龙隆隆监听失败。

这个时候,在走廊里巡视的徐校长经过五年一班。陈老师一见徐校长走进教室,立即满脸堆笑地迎了上去。

"陈老师,你的衬衫是怎么弄的嘛?"徐校长觉得陈老师这件白衬衫实在脏得不可思议。

陈老师不笑了,她皱着眉头把先前的遭遇重复了一遍。徐校长看陈老师皱起眉,也不自觉地跟着皱起眉来。

"哪个是龙隆隆?"徐校长不像陈老师,能把五年一班的学生都叫出名字,徐校长只认识张雨果那样上台受过奖的学生。

龙隆隆被徐校长叫到外面去了。

龙隆隆临出门的那一刻,陈老师可能是因为站累了,便弯腰坐在了门边的椅子上,龙隆隆经过时,听诊头有那么一瞬间恰好对上了陈老师的心脏。

"这回你们班不扣纪律分才怪呢!"陈老师的心里居然乐悠悠的。原来陈老师是拿那件弄脏了的白衬衫当诱饵,故意展示给徐校长看的。

徐校长看到学生犯了错误,当然要生气,而解气的办法就是叫值周老师扣分,然后把扣分单送到班主任手里,叫班主任对学生进行再教育。

这一回合,因为龙隆隆的缘故,五年一班又得不到流动红旗,输给了五年二班。

第31章
杨老师开始相信龙隆隆了

龙隆隆让班级扣了分,按照常理,杨老师应该是最气愤的,可是这次杨老师不但没有生气,反倒笑眯眯地拍了拍龙隆隆的肩膀。

杨老师该不会是被气糊涂了吧?

呵呵,杨老师是有些糊涂了,不过不是气糊涂的,而是乐糊涂的。"百题竞赛"的结果已经出来了,五年一班以压倒性的优势战胜了五年二班,这叫杨老师怎么能不兴奋呢? 杨老师一兴奋起来,就把龙隆隆扣分的事儿给忘到一边去了。再说,龙隆隆还是功臣呢,要不是龙隆隆及时传来了陈老师押的那些题目,五年一班也赢不了这么多分数。

"这回我们班的平均分比五年二班高出八点九二分,多么珍贵的八点九二分啊!"仅仅一个早自习,杨老师在教室里就把这句话重复说了不下十遍,说到最后,杨老师忍不住还流下了眼泪。

一些同学见杨老师哭了,鼻子一酸也忍不住哭了起来,哭得最响亮的是周心心,她在这次"百题竞赛"中居然及格了,得了六十一分。从周心心入小学的那天算起,她就很少能及格,当初就是因为她总是不及格,总是拖后腿,原来学校的老师不要她,她才转到杨老师这儿来的,可是到了杨老师这儿,她还是不及格,还是拖后腿,就为了这个,周心心没少挨白眼。

可是现在周心心及格了，周心心不知道怎么来表达此时此刻的心情，只能越哭越响，像放鞭炮似的，五百响不够，要来个一千响的才过瘾。

直到第一节课上课的铃声响起，五年一班教室里的哭声才渐渐止住。

杨老师开始给大家上数学课，可能是由于刚才过于激动，杨老师讲起课来总是显得有些底气不足。

龙隆隆担心杨老师的心脏病犯了，连忙探出听诊头去听。杨老师的心脏没有毛病，可是杨老师的心里话却再一次毫无保留地钻进龙隆隆的耳朵里。

"要是我们每次都战胜五年二班，那该多好啊！"听得出来，杨老师绝不满足于这一次胜利。

"周心心这次考及格了，下次还能及格吗？"杨老师未雨绸缪，隐隐地忧虑起来。

"再过半个月就是校庆演出，听说五年二班已经开始排练了，我们班也不能落后啊！"杨老师想得太多了，心里的声音越来越沉重，像一只快走不动的老时钟，很不情愿地摇动着钟摆。

杨老师坚持上完了第一节课。下课的时候，杨老师把龙隆隆一个人留在了教室里。

"龙隆隆，杨老师求你一件事儿。"杨老师郑重其事的样子把龙隆隆吓了一跳。

"龙隆隆，杨老师知道你的听诊器是神奇的听诊器。"杨老师继续往下说。

龙隆隆不由自主地掏出那只听诊器，把它贴在杨老师的心脏位置。

因为距离很近,杨老师的心里话便显得更加清楚,像是在万籁俱寂的夜晚,突然出现的一声鸣叫。

"既然龙隆隆能窃听到五年二班的练习题,那么他也一定能窃听到五年二班排练了什么节目。知己知彼,百战不殆嘛!"杨老师在心里打起了算盘。她甚至都已经做好了第二次战胜五年二班的准备。

"龙隆隆,你能再帮杨老师一次吗?"杨老师用双手扳着龙隆隆的肩膀。

龙隆隆看着杨老师,杨老师的表情多么诚恳啊,而且诚恳中还写满了憧憬。

"我们五年一班的荣誉就看你的了!"杨老师很懂得在适当的时候给龙隆隆戴高帽。

被杨老师这么一扣帽子,龙隆隆立即觉得自己肩负的责任十分重大。为了表决心,龙隆隆还使劲儿地点了点头,由于用力过猛,头都有些晕了。

第32章
不能再当间谍

遵照杨老师的旨意，龙隆隆戴着听诊器守在了五年二班教室的门口。五年二班同学进出时虽然看见了龙隆隆，可是并没有对他产生任何怀疑。

龙隆隆胆子逐渐大起来，为了加强听觉效果，龙隆隆干脆把听诊头露在外面。五年二班同学不明就里，一个个都好奇地围过来，逐渐地在龙隆隆周围形成了一个小包围圈。而这对于龙隆隆来说正中下怀，龙隆隆正愁没有确切的监听目标呢！

龙隆隆先把听诊头对准了一个长得很漂亮的女生，在龙隆隆的意识里，长得漂亮的女生都有文艺特长。龙隆隆又偷偷瞄了一眼漂亮女生胸前的胸卡，上面写着"欧阳雪兰"。哇，连名字都那么漂亮！

龙隆隆脸红起来，他还是第一次这么近距离地站在一个陌生的女生面前。为了掩饰尴尬，龙隆隆故意把头扭到一边去，可是欧阳雪兰的心里话却一字不差地传进龙隆隆的耳朵里。

"陈老师让我表演芭蕾舞，要是有人能现场用钢琴伴奏，效果一定比放录音带好得多。"欧阳雪兰心里的声音柔柔的，像棉花糖一样甜。

原来，五年二班的节目就是表演芭蕾舞啊！龙隆隆一阵窃喜，没想到这么快就能完成杨老师交给他的任务。

133

"我们班没有一个同学会弹钢琴，这真是太令人遗憾了。"欧阳雪兰心里的声音里透露出一些烦恼，忽然变得不那么甜了。

龙隆隆想安慰欧阳雪兰，让她心里的声音变回甜美，可是龙隆隆还没有想好说什么的时候，围着他的五年二班同学忽然一哄而散。龙隆隆看见陈老师从教室里走出来。

和今天早晨杨老师的意气风发相比，陈老师那一张脸简直就成了一只苦瓜。龙隆隆的听诊器来不及收回去，恰巧听见陈老师心里的抱怨。

"我也是起早贪黑领着学生复习，可怎么就考不过五年一班呢？"陈老师的心绞成了一团，连传出的声音都不那么畅快。

"这次和五年一班差距这么大，徐校长恐怕要在教导会议上点名批评我了！"陈老师虽然表面上看不出什么反常，可是听她的心里却马上要哭出来了。

龙隆隆没想到老师也害怕批评！陈老师走近一些的时候，龙隆隆发现今天的陈老师似乎比以往要老上许多岁，眼角的鱼尾纹特别特别的深。

陈老师心里的唉声叹气还在源源不断地往外蹦，可是龙隆隆却不敢再听下去了。龙隆隆摘下听诊器的耳塞，低着头溜回了五年一班。

杨老师正在等龙隆隆回来，龙隆隆刚一探头，立即被杨老师抓住了胳膊。杨老师实在是太着急了，恨不得把自己也变成一只神奇的听诊器，专门用来探听对五年一班有利的信息。

"你听到他们班要表演什么节目了吗？"因为过于激动和紧张，杨老师的眼睛瞪得大大的，说话的声音也微微地颤着。

龙隆隆迟疑了。他想起陈老师心里的难过，不知道为什么，龙隆隆忽然不想再把五年二班的事情说给杨老师听了，他下决心再也不当间谍了。

第33章
强强联合才是取胜关键

中午放学的时候，龙隆隆再一次看见欧阳雪兰。龙隆隆也很奇怪，以前他可是很少见到欧阳雪兰的，可是今天不但见到了，还一连见两次。

龙隆隆没把听诊器带在身上，可是他一看到欧阳雪兰皱着眉头的样子，就知道她一定是遇到什么难以解决的问题了。

龙隆隆跟着欧阳雪兰走到学校的大门口。可能是因为练习过舞蹈的缘故，欧阳雪兰走起路来脊背挺得直直的。龙隆隆正想着怎么和欧阳雪兰打招呼，可是欧阳雪兰却先转过身来叫住了龙隆隆。

被欧阳雪兰这么一叫，龙隆隆的脸又红起来，而且一直红到了脖子。欧阳雪兰问龙隆隆他们班上有没有谁会弹钢琴，她想找一个钢琴伴奏来一起完成演出。

龙隆隆不知怎么回答，像逃难似的跑回了五年一班，教室里只剩下张雨果还没去吃午饭。龙隆隆看着张雨果，脑袋里想的却是欧阳雪兰要找一个钢琴伴奏的事情。张雨果就会弹钢琴，找张雨果来伴奏不正合适吗？

龙隆隆看着张雨果笑了起来。可是，龙隆隆没有直接说钢琴伴奏的事情，因为张雨果总是习惯和龙隆隆唱反调。凡是龙隆隆支持的事情，到了张雨果那里一定是反对到底的,而且不光是张雨果自己反对,她还能煽动一大批同学也跟着反对。

在张雨果面前,龙隆隆当然不敢贸然行动。龙隆隆回到自己的座位上,他和张雨果坐同桌,也只有在回座位的时候,龙隆隆才能光明正大地接近张雨果。

张雨果当然知道龙隆隆回来了,可是她故意低着头,一会儿在笔记本上写几个数字,一会儿从书包里翻出一本课外书漫不经心地看着。根据龙隆隆以往的经验,张雨果这是在等龙隆隆主动和她说话。

龙隆隆看了看张雨果,张雨果也正用眼角的余光偷看龙隆隆。龙隆隆不理她,反而从书包里取出听诊器,把听诊头对准了张雨果。

"该死的龙隆隆,干吗不跟我说话?"张雨果的心像一只充满了气的气球,鼓鼓胀胀的,随时都可能爆炸。

"快点和我说话嘛!你先跟我说话,我才能告诉你我设计的演出服有多漂亮啊!"张雨果非常想在龙隆隆面前展示一下自己的作品,可是又不肯直接说出来。为了引起龙隆隆的注意,张雨果还真的从书包里掏出一张用彩色铅笔描的图纸,而且张雨果举着这张图纸,在龙隆隆眼前晃了半天。

本来,龙隆隆还想再逗逗张雨果,平时张雨果总是当着大家的面修理他,今天能看见张雨果着急,龙隆隆心里还真有点兴奋。可是看着图纸上的演出服,龙隆隆忽然有了说服张雨果的计策。

顺应张雨果的需求,龙隆隆故意装出一副很惊讶的样子。张雨果见龙隆隆瞪圆了眼睛看自己手里的图纸,以为龙隆隆对这件演出服很欣赏,特意把演出服的图纸往龙隆隆的眼皮底下凑了凑。

"真难看!"龙隆隆故意打击张雨果,"还没有欧阳雪兰的演出服一

半好看呢！"

龙隆隆存心拿张雨果和欧阳雪兰比较，他知道张雨果喜欢较真儿，尤其和那些长得比她漂亮的女生更要争个长短。

"你见过欧阳雪兰的演出服？"张雨果的口气酸溜溜的，她果然上当了。

这回轮到龙隆隆不理张雨果了，无论张雨果怎么威逼利诱，龙隆隆就是不肯开口说话。其实龙隆隆是怕自己说得太多，反而在张雨果面前露了马脚。张雨果可不是周心心，你跟他说什么她都深信不疑，张雨果可是会从你说的话里挑出漏洞来的。

"听说欧阳雪兰正在我们五年级招募钢琴高手，在校庆演出的时候为她伴奏呢。"龙隆隆倒没忘了继续刺激张雨果。龙隆隆说这话的时候，还悄悄地观察着张雨果的反应。

张雨果皱着眉头，一言不发。

龙隆隆却不着急，听诊器早就把张雨果心里的想法传到他的耳朵里了。张雨果正在为欧阳雪兰招募钢琴高手的事怨气冲天呢，在张雨果看来，整个五年级，只有她考过了钢琴八级，是理所当然的高手，这根本用不着评选嘛！

"要不然，我去告诉欧阳雪兰，就说你的钢琴弹得最好！"龙隆隆顺水推舟。

张雨果求之不得，根本忘了五年一班和五年二班是竞争对手这回事。张雨果的心里被嫉妒占得满满的，其实她也想利用和欧阳雪兰同台演出的机会，好好比一比谁的演出服更漂亮。

接下来，龙隆隆开始想办法让欧阳雪兰同意和张雨果一起演出。

不过，还没等龙隆隆出马，按捺不住的张雨果就自己找到五年二班

去了。也不知道张雨果说了什么话，欧阳雪兰竟然十分愿意跟张雨果合作。

终于到了校庆演出那一天。龙隆隆故意趁着张雨果和欧阳雪兰的节目即将上演的时候，请假上厕所。当主持人宣布五年一班和五年二班合演一个节目的时候，龙隆隆躲在舞台旁边的角落里，用望远镜看到了杨老师和陈老师惊讶得一起瞪大眼睛，张圆了嘴巴。

帷幕缓缓拉开，张雨果穿着自己设计的演出服，弹响了舞台中央的三角钢琴。追光灯打在张雨果的身上，形成了一个浑圆的光圈。龙隆隆不知道张雨果弹的曲子叫什么名字，他忍不住吹了一声口哨，因为今天的张雨果比平时漂亮了十倍。

紧接着，欧阳雪兰也出场了，追光灯从张雨果的身上转移到欧阳雪兰的身上，欧阳雪兰头上戴着一顶小皇冠，一举手一投足像个高傲的公主。负责拍照的电教老师把相机镜头对准欧阳雪兰一口气拍了十多张。

节目结束的时候，张雨果和欧阳雪兰一起手挽着手在台前谢幕，整个会场响起了热烈的掌声。龙隆隆隔着望远镜，看到杨老师和陈老师居然齐刷刷地站起来鼓掌，尤其是杨老师，脸上露出了平时不常见的灿烂笑容。

张雨果和欧阳雪兰的节目，理所当然被评为一等奖。五年一班和五年二班也都获得了文艺奖状，是徐校长亲自颁发的。上台领奖的时候，杨老师和陈老师不约而同地向对方伸出右手，然后紧紧地握在一起。

第34章

听诊器能传出话了

这几天,杨老师显得春风得意,一方面是因为她和陈老师的关系改善了不少,还双双被评为优秀班主任;另外一方面因为杨老师的女儿被保送上了重点高中。杨老师平时在班里根本不提家里的事情,可是这回讲起自己的女儿来免不了眉飞色舞形容一番了。

不过,也有一件令杨老师不太得意的事情。杨老师才买不到一个月的手机忽然不好用了,当时正巧赶上交夏令营的活动费,有几个同学忘记带钱,杨老师就拿手机给家长们打电话,可是无论杨老师怎么喊,对方就是无法听到。

没办法,杨老师只好找卖手机的商场维修。别看杨老师教学十分在行,可是对通讯设备就外行了,为了让手机修得放心,杨老师放学后特意把龙隆隆也带了过去。

经过维修人员检查,原来是送话器出了故障,为了保证通话质量,只能换一个新的送话器。

杨老师给龙隆隆使了个眼色。龙隆隆马上会意到杨老师这是想让他在一盒送话器里选出一个最好的。龙隆隆从怀里掏出听诊器,将听诊头对准了那只装送话器的盒子。

"啊呀,快往我这儿填充点儿食物吧!真是要饿晕了!"一个突如其来的声音把龙隆隆和站在他旁边的杨老师都吓了一跳。

"再不让我吃饭,我就给你点儿颜色瞧瞧!"那个声音十分严厉。这下杨老师和龙隆隆可听清楚了,声音竟是从龙隆隆的身体里传出来的。

"是胃在说话。"龙隆隆想起来了,从前他曾经用听诊器听过胃的声音。为了安抚胃的情绪,龙隆隆连忙从书包里掏出几块饼干,胡乱吃了进去。

杨老师目瞪口呆地看着这一切。可是,她还来不及说什么,又一个新的声音传进了她的耳朵。

"从早到晚维修手机多累呀!哪天我也能当上店长,去指挥别人呢?"这个新声音比龙隆隆胃里的声音要浑厚很多,而且充满了对未来的期望。

杨老师抬起头来,发现那个年轻的维修工正向她走过来。难道是他心里的声音?

维修工取走了装送话器的盒子,钻进了维修间。杨老师看见那个维修工打开了手机的盖子,然后用一把小螺丝刀在里面左捅捅、右捅捅。

"刚才的话真是从他心里传出来的吗?"杨老师陷入了思考。

"听诊器怎么能自己发出声音呢?"龙隆隆也陷入了思考。

换一个送话器并不复杂,维修工很快修好了手机,从维修间走出来。杨老师直着眼睛盯着维修工,可是这一次她却没有听到维修工心里的声音。

"为什么这回听不见了?"杨老师简直要被弄迷糊了。

龙隆隆把听诊器对准维修工。

"明天就要发工资了,这个月比上个月多了五十元,要是一直多下去就好了!"维修工在心里盘算着,而且一提到钱的时候,维修工总是忍不住偷笑。

龙隆隆把维修工的心里话小声说给杨老师听。

杨老师神游太虚般应付了两下,她的注意力已经从维修工的身上转移到了装送话器的盒子上。杨老师想明白了,是不是送话器把听诊器听到的声音送了出来。刚才之所以能听见龙隆隆的胃和维修工心里的声音,会不会与这盒送话器摆在旁边有关呢?

杨老师把她的猜测告诉龙隆隆。杨老师不愧是杨老师,龙隆隆觉得杨老师的推理能力简直可以与侦探福尔摩斯媲美了!

杨老师叫住了维修工说:"我们还想买一个送话器。"

维修工只负责维修,不负责卖东西,他毫不犹豫地拒绝了杨老师的要求。

杨老师是急性子,干脆决定把刚安装好的送话器拆了下来。杨老师没有小螺丝刀,她用钢笔笔尖左拧右拧,没三两下还真把送话器拆了下来。

杨老师屏住呼吸把送话器贴在听诊头上,听诊头周围立即会聚起一团蓝光。

一阵微弱的杂音过后,传出一个有些惆怅的声音:"重点高中好是好,可就是离家太远了。"

杨老师的嘴巴又张成了"O"字形,这正是她心里头想的啊!莫非她听到的是自己心里的声音?

"要不然我把家搬到学校附近去吧,这样可以方便照顾孩子。可是那样的话,离单位又远了,谁带学生上早自习呀?"还是那个惆怅的声音,不过它正陷入左右为难的境地。

龙隆隆太熟悉这个声音了,这就是杨老师的心声。

杨老师还不太习惯让别人听到自己的心里话,她的脸一下子红起来,就像平时在课堂上答不出问题的女同学那样,把头垂得低低的。

第35章

说出来的不一定是真心话

　　杨老师从皮包里找出一只皮套,把送话器固定在听诊头上。听诊头周围的那团蓝光愈加强烈起来。为了避免引起太多人的注意,龙隆隆只能再次把听诊头藏进衣服里。

　　可是听诊头没有那么安分,凡是龙隆隆遇到人,听诊头都要对他(她)的内心世界进行一番探听。

　　龙隆隆和杨老师刚从商场走出来,就被一个打扮得很时尚的男青年拦住了去路。男青年说他的钱包被小偷偷走了,希望杨老师能借他十元钱坐出租车回家。男青年说着说着,还从上衣兜里掏出一张名片递了过来。

　　龙隆隆抢在杨老师前面接下名片,名片上写着"形象设计师王晓雄"。难怪他把自己打扮得那么好看,原来人家就是做形象设计的啊!龙隆隆看着王晓雄友好地笑了起来。

　　杨老师也对王晓雄印象不错,而且王晓雄一再表示今天借了钱以后要加倍奉还。杨老师很痛快地从钱包里抽出十元钱。

　　就在杨老师把钱递给王晓雄时,一个贪婪的声音透过龙隆隆的衣服钻出来:"又一个傻瓜上当了,接下来我得争取把她的手机骗过来!"这

145

个突如其来的声音,把杨老师、龙隆隆和王晓雄都吓了一跳。

杨老师看着王晓雄,王晓雄也看着杨老师,可是看着看着,王晓雄的额头就渗出汗来。

"王晓雄是骗子!"杨老师大喊一声,抓住了王晓雄的胳膊。

王晓雄挣扎着,想摆脱杨老师。由于大街上人多,王晓雄不敢和杨老师动手打架,他怕暴露目标。

杨老师像抓着拔河的绳子一样抓着王晓雄的胳膊。

龙隆隆掏出听诊头,把它死死地按在王晓雄的心口上大声喝问:"快说,你骗了几个人?"

王晓雄不理龙隆隆,可是送话器却把王晓雄隐藏在心里的秘密送了出来:"这个月骗了五十二人,上个月骗了四十八人,大上个月骗了六十一人……"送话器成了广播喇叭,大家一听都围拢过来。

围观的人越来越多,里三层外三层形成了一个包围圈。这下,王晓雄想跑也跑不了啦!

很快有人报了警,不到五分钟,警察就把王晓雄带走了。

据说,王晓雄是惯犯,涉案金额有十几万元呢!还有,王晓雄根本不叫王晓雄,他叫熊小旺,王晓雄是他的化名。这些都是第二天龙隆隆在报纸上看到的消息,警察还通知所有受害人前来认领被骗去的财物呢!

第 36 章

说出你的秘密

那只神奇的听诊器识破骗子的消息在五年一班着实引起了不小的轰动。龙隆隆身边围满了同学，大家都想借听诊器来听听平时听不到的声音。

杨老师决定抓住这个机会召开一次班队会，让每个同学都坦露一回心里话。

班队会是在星期五下午的第二节课进行的。平时开班队会五年一班总是最热闹的，可是这一次的班队会大家却异常安静。

第一个上讲台的是吴非。在杨老师的授意下，龙隆隆把听诊头贴在吴非胸前的心脏位置上。

"好久没有去看望奶奶了，等我有了钱一定要给奶奶安装一部电话，这样每天都能和奶奶互通消息。"吴非平日里看起来很英雄气概的样子，没想到内心却那么温柔。吴非听到从自己心里传出来的声音，脸都羞红了。

"我们应该赞助吴非，让他早日实现愿望！"林一轩从口袋里掏出自己的零花钱，冲到讲台上，塞进吴非的手里。

在林一轩带动下，五年一班的同学纷纷解囊相助，不一会儿，吴非的面前就堆满了零钞。可是，吴非说什么也不肯收下这些钱。吴非说要通

147

过自己的努力来实现愿望。这时候，吴非的英雄气概又重新显露出来了。

紧接着吴非后面上台的是林一轩。

林一轩不等龙隆隆上前，自己主动把听诊头按在身上。

林一轩心里的声音和他平时的说话声不太像，细声细气的，像个小姑娘。不过林一轩心里说出的话却非常吸引人，原来从一年级开始，林一轩每到暑假都要去海边收集贝壳，到现在已经收集了上百个，林一轩还想在五年一班举办一个贝壳展。

对于林一轩的打算，杨老师高兴得不得了，杨老师还说林一轩早就应该举办这个展览。林一轩一听到杨老师这么支持他，得意得都站不稳了。

越来越多的同学走上讲台，把那些平时积压在心里不敢说的、不知道怎么说才好的话全都借助听诊器传了出来。说话结巴的段小雨想当配音演员，大个子的朱佳强想当首席男模，胆小的陆芳芳原来一直在帮助一位贫困的山区儿童……大家憋在心里的话一股脑儿全倒出来，一下子轻松了不少！

别人道出心里话后都喜笑颜开地回到座位上，可是周心心和张雨果却哭了。

周心心说杨老师留的作业对别人来说还可以应付，可是对她来说就太难了。每天晚上她都很努力地写作业，基础题还能勉强应付，但一遇到拓展题和拔高题就完了。周心心在心里哭了起来，发出呜呜哕哕的声音。到后来，周心心不光在心里哭了，眼睛里也流出眼泪，大声哭了。

龙隆隆见周心心哭了，忽地从座位上跳了起来说，从前他总是嫌周心心反应慢，还捉弄周心心，不过从现在开始，他保证不再欺负周心心！

为了让周心心相信自己，龙隆隆还立下了字据，白纸黑字还按上红手印。

　　五年一班里,从前欺负过周心心的同学脸都红起来,也不知道是谁提议的,大家纷纷接过龙隆隆的字据签上自己的名字,大家说签了名就要负责,以后一定不嘲笑周心心了。

　　周心心看到大家一下子对她这么好,哭得更厉害了,不过这次是因为高兴才哭的。而最让周心心高兴的是杨老师当着全班同学宣布今后留作业要采取分级制,像周心心这样基础薄弱的学生只需做基础题,等以后成绩提高了再做拓展题。杨老师还向周心心道了歉呢!

　　张雨果是全班最后一个接受听诊器探测的同学。一开始上台的时候,张雨果还挺自信,可是当她的心里话被传出来以后,马上变得不那么自信了。

　　张雨果心里的声音是那么疲惫,如果不知道现在接受探测的是张雨果,大家肯定会误以为被探测的是一位老人呢!

　　"为什么爸爸给我起名叫雨果呢?"那声音絮絮叨叨地开始述说起张雨果那些不愉快的回忆。原来张雨果的爸爸想把她培养成文学家,才给她起了个和法国文豪一样的名字。可是,张雨果一点儿也不想当文学家,也不喜欢这个名字,张雨果喜欢在心里叫自己张菲露。

　　"为什么妈妈天天让我学钢琴?"那苍老的声音显出心有余而力不足的样子。原来张雨果的妈妈小时候学钢琴的梦想没有实现,便把它寄托到张雨果身上了。可是,张雨果真正感兴趣的是服装设计。张雨果长大了想当服装设计师!那个苍老声音只有提到未来理想的时候,才逐渐变得轻快起来。可是这个时候,张雨果已经控制不住自己,流下了眼泪。

　　龙隆隆看过张雨果的设计图,尽管他嘴上不说好,其实心里还是觉得非常好。龙隆隆从张雨果的书桌里翻出一摞用彩色铅笔画的设计图,

一张张贴在磁力黑板上。龙隆隆每贴出一张都会引起大家"哇哇"的尖叫声。有好几个女孩子还向张雨果索要图纸，准备照样子给自己做一件漂亮的小礼服呢！

第37章

共同的心愿

自从召开了这次特殊的班队会以后,五年一班比以往更加和睦了。

杨老师说做人应该做一个表里如一的人,自己怎么想的就怎么说、怎么做,你骗得了别人,还能骗得过自己吗?

杨老师说过这句话以后,很多同学都开始按自己真正的理想去努力了。有的同学还把爸爸妈妈请到教室里来,让爸爸妈妈也听一听自己的心里话。

原本是属于龙隆隆一个人的神奇听诊器,这下成了全班的听诊器。后来,龙隆隆干脆就把这只神奇的听诊器挂在五年一班的教室里。下课的时候,大家都喜欢到听诊器下面站一站,说真心话逐渐变成了大家的一种习惯。

我们的故事马上要讲完了,关于这只神奇的听诊器,也许你要问,它总是探听到别人的心里话,什么时候,它也能开口说一说自己的心里话呀?它到底是什么来头?它为什么如此的神奇?

其实,这也是五年一班全体同学都想知道的。现在,五年一班还成立了探索听诊器小组,立志要在升入六年级之前揭开这个奥秘,杨老师是名誉总顾问,龙隆隆还担任了小组组长呢!这可是龙隆隆第一次当官,把他兴奋得一连三天都没睡好觉。

就让龙隆隆带着大家去探索吧,也许答案很快就会揭晓。

我们一起祝福他!

在生活之中种植幻想
让幻想之光点亮现实

校园轻幻想小说

征稿启事

在众多电影与儿童文学作品中，我们经常可以看到这种类型的作品：故事背景是现实的，大部分人物也是现实的，但有一个超级幻想因子被植入其中，而就是因为这样一个超级幻想因子，整个故事顿时就变得非常不一样。

一个非常典型的例子就是《精灵鼠小弟》。

杨红樱的小说作品，有一部分也融入了童话元素。

我们把这种作品命名为"轻幻想"。

这类作品一般都很受欢迎。

我们认为，"轻幻想"不同于天马行空的"大幻想"，更不同于还原现实的作品，而是创造了一个浑然天成的、非常近似现实生活却又绝对不是现实生活的"亦真亦幻"的虚拟空间，可以让孩子们"想入非非"，让他们在幻想与现实之间轻松游移，不知不觉释放压力、接受精神洗礼。

这是一种贴切合身的阅读。

此次我们推出两位校园文学新锐作家商晓娜和王勇英的作品："校园轻幻想小说·拇指班长系列"和"校园轻幻想小说·怪同学系列"。

这只是我们这一选题的开始，今后，我们将通过约请名家、广泛征稿的方式，陆续推出、打造这个系列。

有志于此的作家、读者，都可投稿，我们将择优录用，稿费从优。

本启事长期有效。

投稿信箱：531880770@163.com

咨询电话：0591－87625183

更多详情，请登录百度"轻幻想吧"了解。

跟晓娜姐姐、勇英姐姐学写作

《拇指班长外传》、《怪同学外传》向小读者

征 稿

我们接连推出商晓娜姐姐的"拇指班长系列"和王勇英姐姐的"怪同学系列"，它们都是超级好玩的故事：

"拇指班长系列"讲述，一个叫孔东东的男孩在班里最大的敌人就是班长孔西西，孔东东搞了一个恶作剧——趁着班长孔西西不留神，在她的珍珠奶茶里撒入了胡椒粉、鸡精、酸梅粉……不料，孔西西喝下这杯特殊调制的珍珠奶茶后，竟然变成了拇指一般大的小人儿。在和拇指班长斗智斗勇的过程中，孔东东竟然开始佩服班长了。为了把班长重新变回正常的身高，孔东东抓紧时间研究解药，却不料弄巧成拙，反而把自己也变小了……一连串有趣的故事发生了……

"怪同学系列"讲述，班上来了一个新男生白T，他刚一来到就被王小怪列入准备要做坏事的"坏蛋"学生的黑名单中，暗中观察着他以免他会欺负王小裙。直觉一向很准的狄答觉得白T有些怪怪的，于是默默地观察。后来，王小裙的小精灵莫名其妙地失踪，狄答、王小怪和王小裙在查找小精失的时候却惊讶地发现，这个怪同学原来有着很多很多不能公开的秘密：这个怪同学竟然是一个仿生机器人！因为这个秘密，他们成了朋友，并在一次次"行动"中互相帮忙，共同成长……

相信小读者们肯定会喜欢上"拇指班长"和"怪同学"这两个形象的！

如果你真的喜欢上了这两个形象，也想以这两个形象为主角写故事的话，那就不用再犹豫了，晓娜姐姐和勇英姐姐正等着你们的投稿呢，她们将专门主编一本《拇指班长外传》和一本《怪同学外传》，要刊登的就是你们的创作啊！

有兴趣的小读者，马上开始动笔吧，我们期待着你们精彩的创作！

本启事长期有效。

投稿信箱：5318807770@163.com
咨询电话：0591 - 87625183

更多详情，请登录百度"轻幻想吧"了解。

在生活之中种植幻想

怪同学系列

- 变来变去的怪同学
- 班上来了个怪同学
- 选一个人做坏蛋

让幻想之光点亮现实

最轻幻想小说
拇指班长系列

拇指班长系列

- 乱套的教室
- 我把班长变小了
- 酵母汤密码

和大家分享写故事的心得。

是因让我们笑得如此灿烂？

先来握握手

为读者认真签下我的名字

被孩子们包裹在中间，又温暖又幸福。

让照片留住我们的微笑与快乐，希望我的书带给你最美丽的感受。

商晓娜

纳米总动员

SHANG XIAO NA--NA MI ZONG DONG YUAN

商晓妹

白桦林

那天
在长春
起了个大早
只为了去寻找那片白桦林

树叶已经落光了
地上满是积雪
这是北方的冬天啊
看上去是那么冷

冬天已到
春天就不会远
心里装着希望
一切也都变温暖了

商晓娜作品

"绝佳拍档" 系列

"捣蛋大王王小天" 系列

"同桌秘密日记" 系列

"快乐少年之整蛊童年" 系列

"我们班的博客" 系列

一年级的小豌豆
一年级的小蜜瓜